Magical Explorer 10

Reincarnated as a Eroge
Hero's Friend, I'll live freely with my Eroge knowledge.

マジカル★エクスプローラー
エロゲの友人キャラに転生したけど、ゲーム知識使って自由に生きる10

入栖
— Author
Iris

神奈月昇
— Illust
Noboru Kannatuki

「お前には幸せになってもらう、覚悟しとけ」
瀧《たき》音《おと》幸《こう》助《すけ》

「……何こいつ。
強引で人の話は聞かない、
デリカシーのかけらもない。
嫌われるわよ？」
オルテンシア
『マジエク』のヒロインの一人。
とある目的のため邪神教に身を
置いている。

Chapter Select 目次

Magical Explorer 10

Illustration: 神奈月昇
Design Work: 杉山絵

「良ければ添い寝しましょうか？
子守歌も歌ってあげる」

「ん、どうした家畜。
そんなに私を見て。
お前も蹴られたいの?」

リュディ
女王様として覚醒!?

ソフィア
エルフの国『トレーフル皇国』の皇后でリュディの母。

マジカル★エクスプローラー

エロゲの友人キャラに転生したけど、ゲーム知識使って自由に生きる 10

入栖

角川スニーカー文庫

24110

Reincarnated as a Eroge Hero's Friend, I'll live freely with my Eroge knowledge.

瀧音幸助《たきおとこうすけ》

ゲーム『マジエク』に登場する友人キャラ。しかし中身はエロゲが大好きな日本人。特殊な能力を持っている。

リュディ《リュディヴィーヌ・マリー＝アンジュ・ド・ラ・トレーフル》

エルフの国『トレーフル皇国』皇帝の次女のお嬢様。ゲーム『マジエク』パッケージに写るメインヒロイン。

ななみ《ななみ》

ダンジョンマスターを補佐するために作られたメイド。天使という珍しい種族。

花邑毬乃《はなむらまりの》

ゲームの舞台となるツクヨミ魔法学園の学園長。ゲームではあまり登場せず、謎の多い人物だった。

花邑はつみ《はなむらはつみ》

花邑毬乃の娘で瀧音幸助のはとこ。基本的に無口で感情があまり顔に出ない。ツクヨミ魔法学園の教授。

クラリス《クラリス》

リュディのボディガード兼メイドのエルフ。真面目で主人に忠実で失敗を引きずりやすい。

聖伊織《ひじりいおり》

ゲーム版『マジエク』の主人公。見た目は平々凡々。だが育てればゲームで最強のキャラになった。

聖結花《ひじりゆいか》

ゲームパッケージに写るメインヒロインであり、伊織の義妹。ツクヨミ魔法学園に編入してきた。

加藤里菜《かとうりな》

『マジエク』ゲームパッケージに写るメインヒロイン。勝気な性格で貧乳を気にしている。

Character　キャラクター

Magical Explorer

モニカ

モニカ・メルツェーデス・フォン・メビウス

『生徒会』の『会長』を務める。『マジエク三強』の一人で、ゲームパッケージに写るメインヒロイン。

ステフ

ステファーニア・スカリオーネ

『風紀会』の会長職『隊長』を務める。法国の聖女。美しく心優しいため、学園生から人気があるが……？

ベニート

ベニート・エヴァンジェリスタ

『式部会』の会長職『式部卿』を務める。学園生から嫌われているが、エロゲプレイヤーからは人気が高い。

フラン

フランツィスカ・エッダ・フォン・グナイゼナウ

『生徒会』の『副会長』を務める。非常に真面目な性格の女性。雪音と紫苑をライバル視している。

水守雪音

みずもりゆきね

『マジエク三強』とも呼ばれる、公式チートキャラの一人。風紀会の副会長を務める。

姫宮紫苑

ひめみやしおん

『式部会』の副会長職『式部大輔』を務める。制服を着ずに常に和服を着ており、メインヒロイン級の強さを持つ。

アイヴィ

アイヴィ

ツクヨミ学園新聞を発行する新聞部の部長。兎人族の女性で常にハイテンション。三会の役割を知っている。

ルイージャ

ルイージャ

ツクヨミ魔法学園の教師。お金にルーズであり、花邑家に借金がある。はつみの先輩であり、学生時代は一緒にダンジョンへ行っていた。

桜瑠依

さくらるえ

ツクヨミ学園に立地する図書館の司書。学園に長く務めており生徒思いで優しい。その正体は……。

零章　邪神教　オルテンシア

「私がトレーフル皇国にですか？」

こんな真っ昼間から真っ赤なワインを口にしながら、私の上司である彼は頷《うなず》いた。

「そうだ。大きな仕事がある」

そう言って彼は左側の口角を上げ、にやりと笑う。彼がそういった表情をするととても似合うと思う。

それは彼が端整だからではない。しかし彼が端整である事は否定しない。切れ目でどこか冷たい印象を与える彼だが、パーツのバランスが非常に整っている。また知的で引き締まった体は彼をさらに魅力的に見せるであろう。

でも彼にそのニヤリ顔が似合っているのは、彼の腹黒さからである。

「これは大きなチャンスだ」

そう言って彼は自身の前に置かれた、血のように真っ赤なワインを呷《あお》る。

「お前に、そして私にもな」

彼は邪神教の中でも特に根が腐っている人物であると思う。自分のためなら他人がどうなろうと厭《いと》わないやつだ。

彼についてこんな噂《うわさ》を聞いた事がある。

何か自分の評価に傷が付く要因が見つかれば、それを他人に押しつけると。何なら証拠隠滅のために自分で部下を殺した事だってあると聞いた事がある。

でもそれは噂ではないと、彼の下について思った。

「何をすればよろしいのでしょう？」

「すでに皇国の内部に入り込んでいる者から、聖域へ行く算段が付いたと報告があった。そこでお前には聖域に侵入し、封印されているアイテムを回収してもらいたい」

「しかし聖域となると守りも堅いのでは？」

「あまり聖域の事を知らないのだな」

知るわけがない。そもそも捕まった際の漏洩《ろうえい》を防ぐために、任務以外の情報をあまり与えないようにしているのはお前だ。なぜ自分に関係無い事をわざわざ知らなければならないのか。

私は「知識不足です、申し訳ありません」と思ってもいない事を口にする。彼も私が反省しているとはつゆほども思っていないだろう。

「まあいい。お前は最近役職が上がったのだから、ある程度の情報開示がされるだろう。

少し知識を付けた方が良い」

「努力いたします」

　私がそう言うとワインを一口飲む。

「では簡単に説明してやろう。普通のエルフや人間は入る事が出来ない。特別な結界が施されているからな。その結界を抜ける事が出来るのは、皇族とその周りに居る数人ぐらいだ」

「……という事は皇族を捕まえたのですか？」

「いや、実はそうではない。入るためには必ず皇族が必要だと思われていたが、結界を一時的に解くための鍵が隠されている事を知ったのだ。そしてその鍵を入手するための目処《めど》が立った」

　それで聖域へ行く事が出来るようになった、と。

「そちらの事は分かりました。ちなみに聖域には私が一人で行けばよろしいのでしょうか？」

「いや、別部隊が突入する算段になっている。それに私はお前も推薦した」

　なるほど。

「では皆で封印のアイテムを回収すればよろしいのですね？」

「そうなのだが、そうではない」

よく分からない事を言いやがって。回りくどいのはこいつの嫌いな所の一つだ。

「お前が一緒に行くのは菱十字騎士団《ひしじゅうじ》なのだが、そちらは別の事がメインの仕事だ。アイテム回収の方はお前が主体になってやれ」

「菱十字騎士団……」

邪神教の中でも特に実力派が揃う部隊だ。彼らを使うという事はそれぐらい今回の作戦を重要視しているのだろう。

「菱十字騎士団はとあるエルフの封印を解くのだが、まあ詳しくはそいつらに聞け」

「分かりました。いつ頃作戦を実行するのでしょうか？」

「それが近々リュディヴィーヌが帰省するらしい。皇国は護衛をある程度付ける事になるだろう。その最中にいくつかの場所で同時にテロを発生させる。しかし本命はそっちじゃないのだがな」

そう言って彼は笑う。守備兵を分散させその隙を突いて行動を起こすようだ。

「その隙に鍵を入手し、聖域に侵入。そのアイテムを取ってくれれば良いのですね？」

「そうだ。一つ懸念があるとすれば……瀧音幸助《たきおとこうすけ》だ」

瀧音幸助。彼の名を聞いて思い出すのはアマテラス女学園での事だ。あり得ない魔力を保持しよく分からないメイドを引き連れている男。

「リュディヴィーヌに同行してくるらしい。最近の作戦で失敗が多い原因の一つがヤツだ」

邪神教が仕掛けた際に瀧音幸助が関わったものはほとんど失敗しているという。あいつさえいなければリュディヴィーヌを殺せただろうとも言われているとか。

「もっとも、任務を成功させた者もいるがな」

そう言って彼は私を見る。瀧音幸助が邪魔する中、アマテラスダンジョンから勾玉《まがたま》を入手出来た事で邪神教内での評価が上がる事となった。

「お前から見てアイツはどうだ？」

瀧音幸助、ね。

「彼は能力的に見て天才と言えるでしょう。そして……得体の知れない者でもあります」

瀧音幸助はその能力もさることながら、知識もすごい。

まるで私の事を知っているかのような口ぶりだった。それはちょっと不気味だ。顔や身長や筋肉といった見た目は結構好きなんだけど。

「凄《すさ》まじい魔力の持ち主で、独特な戦い方をすると聞いた」

「ストールを使った戦いは、相手にするとやっかいであると思います」

「お前は前回なんとか出来たのだ。今回もなんとかしろ」

無茶《むちゃ》を言う。人質がいたし、そもそも戦ってないからなんとか出来たんだけど。戦ったら無傷ではすまないだろうから、戦いたくないんだけど。

「承知しました」

「ああ、そうだ。もう一つ」

「なんでしょう」

「お前は人を殺した方が良い」

　確かに私は人を殺した事がない。

「必要無ければ殺さなくて良いのでは？」

「その考えは理解出来る。しかし人を殺す事によって強さを得る事だってある。それにお前の目標はそうだろう？　オルテンシア」

　私の目標はそうだ。

　手段なんて選ばない。たとえどんなにこの手が汚れても。私が苦しんで死のうとも。

　私は邪神教のナンバーツーとされる枢機《すうき》卿《きょう》の一人を殺さなければならない。

一章　プロローグ

―リュディ視点―

『明後日には発《た》つのでしょう？』

電話からお母様の声が聞こえる。

「ええ、そうね」

今私がいる和国の花邑《はなむら》家から何千キロと遠く離れたトレーフル皇国ではあるが、その言葉は瞬時に伝わった。

『気をつけて帰るのよ』

「大丈夫よ、幸助《こうすけ》達がいるし……ああ、そういえば」

私はクラリスが出してくれた紅茶を飲む。

「お世話になった友人も連れて来てほしいと言っていたわよね？　三人になったのだけれど大丈夫かしら？」

クラリスはおかわりを入れようとしたけど、私は手で制止する。もう喉は渇いていない。

『もちろんよ、皆と会えるのを楽しみにしているわ。リルも楽しみにしているわよ』

『お姉ちゃん達と遊ぶの、楽しみにしているから』

お母様の横で話を聞いていたであろう、妹の声が聞こえる。

「私も楽しみよリル。早く皆に会いたいわ。後はお姉様に会えればなお良いのに」

『あの子はあの子で忙しいから。リルも会いたがっていたのだけれど、どうしようもないわね……そういえば毬乃《まりの》ちゃんからリュディはとっても成長したって聞いたわよ』

毬乃さんはそんな事を言っていたのか。

行く前に比べたら少し成長したとは思う。だけど。

「はつみさんや……幸助達のおかげね。でもまだまだだわ」

他の皆と自分を比べて、私は劣っている所が多いと実感する。それは知識も実力も精神的にも。

「まだ幸助達に比べたら、私はもっと成長しなきゃいけないって思うの」

私の言葉を聞いて電話の先からお母様の笑い声が聞こえた。

『ふふふっ』

「どうしたのお母様？」

『あらあら、もしかして気がついていないのかしら？』

「どういう事よ？」

『何でもないわ、早くリュディちゃんの顔が見たいなと思っただけよ』

「なにか含んでいた笑いのように聞こえたわ」

『本当に何でもないのよ』

と言ってお母様はまたくすくすと笑い出す。

私は理由を問い詰めようとしたが、通話の向こう側で誰かが入室したような音が聞こえたため、出かかった言葉を飲み込む。

『はぁ……お父様が来たみたい。え、なに？　話したいの？』

「お父様？」

リルの話しぶりからすると、入室してきたのはお父様のようだ。

『ええ、お父様が貴方《あなた》に話したい事があるらしくて、あ、ちょっと』

『リュディ』

と急に通話の相手が替わる。お父様だ。少し離れた所から『もーっ』とリルの怒る声が聞こえたから、電話を強引に取ったのだろう。

「ああ、お父様」

『元気か？』

「ええ、元気よ？　知っているでしょう？」

毎日のようにメッセージを送ってくるし、仕方なくたまに返信しているから知っているはずだ。以前事件に巻き込まれた事があるから気持ちは分からなくもないけど、でもやっぱり止めてほしい。

『三日に一度くらいしか返信をくれないから、心配なのだ』

『リュディちゃん、こいつには一日たりとも送らなくていいわよ』

お母様は私の気持ちを理解しているからそう言ってくれたようだ。何やら両親の言い争いが聞こえる。

なんだろう、まだ家に帰っていないのに、家に居る気分だった。

『うるさいぞ、それでそちらでの生活はどうだ？』

いつもならお母様にボコボコにされるお父様だが、珍しく勝ったらしい。もしかしたらお母様が仕方なく通話を譲っただけかもしれないが。

「楽しいわよ？」

『もう過ごしたくないと欠片《かけら》でも思うならば、このまま皇国でずっと過ごしても……』

『貴方何言ってるの！　そんな事させるわけないでしょ！』

通話の先から何かを叩《たた》く音が聞こえる。なかなか激しい音だ。

『リュディ、瀧音《たきおと》幸助は必ず連れてこい。少し腹を割って話したい事がある』

腹を割って？　何で腹を割ってなの？　すごく嫌な予感がする。

「ねぇ、お父様？　分かっていると思うけど、幸助に失礼な事をしないわよね？」

『ここここ、う、す、け……だと……？』

変な事を言ったつもりはないのだが、なぜかお父様の声が震えている。

「？　どうしたのよ」

『お前はそ、そそそ、そいつの事を呼び捨てにしているのかっ？』

ああ、なるほどと納得する。

リルが四歳の時だったろうか、友達の男の子を呼び捨てにした時も同じような事があった。お父様の顔が鬼のようになって、

『貴方ってば……またっ』

お母様に怒られるのだ。規模の大きそうな魔法が発動したような音が聞こえたが大丈夫だろうか。

夫婦喧嘩《いつもの》だし、あまり心配しなくて良いか。

『お姉様、また始まったから通話切って良いよ？』

リルも普通にしているし、大丈夫だろう。

「分かったわ、後はよろしくね」

と私は通話を切る。

「はぁ……」

そして頭を抱えた。

「相変わらずのようですね」

　とクラリスは苦笑する。

「ええ、普段は仲が良いのに何で私達の事になるとああなるのかしら？」

「リュディ様の事がそれぐらい大切という事ですよ」

「ソレは分かるけれど……過剰じゃないかしら」

　苦笑したまま何も言わないクラリス。否定はしなかった。

「駄目じゃない……もう、大丈夫かしら？」

　男の友人を連れて行くのは初めてなのよねぇ。なんか嫌な予感しかしない。

「お父様。恥をかかせないでね」

二章　そういえばの話

「こんなの初めて乗りますよ」

結花《ゆいか》は高速鉄道のＶＩＰ席に座りながら、そんな事を言う。

リュディという皇族に対して、国をまたぐ移動をするとなったらどうするだろうか。

もし俺が権力者なら彼女のために専用の乗り物を用意するだろうし、幾人かの護衛を付けたりするだろう。

まあ現実は同じようなもので、当然のごとく彼女専用の護衛が組まれそうだったし、セキュリティレベルの高い移動方法が用意された。

とはいえ今回の旅路にはクラリスさんや先輩という実力者がいるため、護衛は多少減らされたが。

「ここまでしなくても大丈夫なのに」

とリュディは言う。まあ専用列車が組まれ、エルフの戦士達が近くの車両で警戒していればそう思うかもしれない。戦力的に見れば過剰だと思うし。

リュディ護衛のクラリスさんを始め、俺、先輩、ななみ、結花。よっぽどの敵が現れなければ大丈夫だろう。

だけど俺はリュディの家族の気持ちも分かる。

「以前の事があったからな」

エルフの裏切りとかあったたし、邪神教がどこに潜んでいるか分からないし、そりゃぁ気になるよね。

「花邑《はなむら》家に関わりのある、瀧音《たきおと》様がいる事も理由の一つかもしれません」

お、俺もですかね？　花邑家ってそんなに気を遣う所なの？

「まあ良いじゃないですか。すっごい快適ですし、楽しいですし。お兄ちゃんももったいないですね。来れば良かったのに」

「ご一緒したそうでしたが、伊織《いおり》様は忙しいようですから仕方がないかもしれません」

反対側の通路に座っていた、ななみの言葉に先輩も頷《うなず》く。

「それだけでなく生徒会はこの時期に合宿もあるし、仕方ないだろうな」

実は伊織も誘ったのだが、彼は用事があるらしく断られた。軽く話を聞いた感じだと直近は『いいんちょ』イベントを進めているようだ。他にも生徒会やらお店イベントなんかを抱えているようで、なかなか忙しそうである。もしかしたら俺以上にイベントを消化していているかもしれない。この調子でどんどん強くなっていってほしい。

「それよりも皇国ですよ。皇国ってどんな所なんですか？」

と結花は尋ねる。答えたのはクラリスさんだった。

「とても自然豊かで綺麗《きれい》な所です。あとはエルフが多いため穏やかな人が多く、和国とは違った空気を味わえると思います」

とクラリスさんは答えた。ゲームの設定では自然と魔法技術が融合した国となっていた。

「へえ、楽しみですね」

「楽しみだな」

と俺も相づちを入れる。ゲームではトレーフル皇国で様々なイベントが起き、いくつかのダンジョンが解禁された。またアペンドディスクでも皇国の大きなイベントが追加されていたから、時間制限がある俺がすべてのイベントをこなすのは不可能だろう。

懐かしいな。

皇国関連で数千円くらいしてもおかしくないレベルの追加パッチが、五百円で販売されたのには驚いた。大抵『内容の割に値段高くない？』と思うパッチばかりだが、調教された俺のような変態紳士は、次作のためのお布施と思っていくらでも払ってしまうが。

「楽しみって、瀧音さんはどうせダンジョンが楽しみなだけじゃないですか」

「そんな事はない、俺だっていくつか行く場所をピックアップしてるんだ、ええと」

皇国は美男美女揃いのエルフの国で、自然豊かで観光名所が沢山ある事も知っている。

■TSUTAYA限定SS■ ラーメンリベンジ

っていく。リュディなんかもう目がラーメンだ。あ、リルちゃんもか。こう見ると姉妹だなと強く実感する。

それから10分ほどで麺を食べ尽くし、後はスープだけになった。

「毎日食べたいぐらいです」

とリルちゃんは呟く。

「食べたいときにまた来なさい。明日来ても良いのよ?」

「いいんですか！　でもこんな濃い物を沢山食べていいのでしょうか?」

「普通の醤油や味噌や塩なら多少連続して食べても大丈夫だわ。ただ私のはね……ちょっと飲んでみる?」

とリュディがどんぶりを押すと、リルちゃんは「はしたなくてごめんなさい」と言いながら受け取り、それを飲む。

そして驚愕の表情をした。

「すごい、あまりにも濃くて一瞬うっとくるのに、なんでか飲みたくなります！　癖になりますね。こんな世界があったんですね……」

「これはかなり脂を使っているからあまり体に良くないわ。ちなみにこれよりも上があるのよ」

「うううう上があるのですか!?」

目玉が飛び出るんじゃ無いかってぐらい大きく開くリルちゃん。

「ええ、アブラマシマシの物ね。私のがアブラマシ程度だから、さらにもう一段上がいると思って良いわ」

リュディは何かを思い出しながら話しているのか、うんうん頷きながらそう言った。

「アブラ……マシマシ……！」

呪文のように呟くリルちゃん。慄いてるリルちゃんもカワイイな。ずっと見ていたいけどちょっと店が混みそうな雰囲気が出てきたし。

「さて堪能したしそろそろ出るか」

そうねとリュディが頷きテーブルを軽く片付ける。そして俺達は店を出た。

外で待っていた護衛達と合流すると、用意された車に乗りこむ。以前あんな事があったから当然の配慮だろう。

と、車が動き出し少しして、

「もし死後の世界があるのなら、ラーメンの湧き水のような物があってほしいわね」

リュディはぽつりと呟く。

それは臭そう（直球）だ。ラーメンは好きだけど、それは嫌である。ただリルちゃんは、「もし死んでしまってもそれなら楽しそうです」

と賛同していた。

俺があまり乗り気でない事が表情から伝わったのだろう。リュディは、

「川の方が良かったかしら?」

そんな事を言い出した。

違うって。もし今日リュディが食べたこってりラーメンが流れていたら、生物が全滅するだろうな。

そんなこんなを話しながら、俺達は城へ向かう。

「……しかったわ」

……に頷きながら、ラーメンをテーブル……いよう水を端に置く。

彼女にとってはようやく食べられるといって良いだろう。トレーフル皇国に来てから待ち望んでいたラーメンだったのに、邪神教に襲われて食べ損ねてしまったのだから。

「あっさり醤油豚骨のお客様〜?」

とキャップを被った綺麗なエルフはそう言って俺達の顔を見る。

「はい!」

と元気よく手を上げるリルちゃん。彼女の純粋で天使で誉れで癒やしな笑顔に店員のエルフも心打たれたのだろう、ほころんだ表情でリルちゃんの前にラーメンを置く。

リルちゃんのラーメンデビューというビッグイベントを成功させるべく、リュディと俺が厳正な検討を重ねた結果、『あっさり目の醤油豚骨』がいいだろうという判断に落ち着いた。

個人的にはあっさり系の塩が良いかもしれない、と思ったのだがラーメンらしい醤油か味噌がいいとリュディが推すのと、そもそもこの店が豚骨推しなことがあってそういう選択に至った。


……ルフらしく野菜やキノコ類が好……肉も好きらしい。だから豚骨も問題……と、リュディ談である。

そう、オークの肉。オークね……配信のことを思い出す
よ。あれ、なんか今のリュディって、まだ昂揚していない
状態のSMリュディに近い表情をしているような?

き、気のせいだろう。

「こってりのチャーシューの方は?」

「それは私です」

ちなみにリュディはこってり味噌豚骨チャーシュー麺の油増しニンニク多めと、ラーメン初心者には間違いなくおすすめできない食べ方だ。胃が弱い人から見たらおぞましい量の油が浮いているが、俺やリュディからすれば至高のスープである。

まあ飲み過ぎれば腹を膨らませ寿命を縮める背徳のスープではあるが。

そんな背徳的スープを、まるで常連のように迷い無く堂々と頼むリュディの姿は、どこか頼もしく英雄的だった。例えて言うなら近所のおっちゃん級である。

ちなみにリュディに冗談で近所のおっちゃんレベルでラーメンに馴染んだよな、と少し意味不明な言葉を冗談交じりでしゃべったことがある。『もう、やめて』なんて言っていたが、まんざらでもなさそうだった。

「瀧音さんのも来ましたよ!」

リルちゃんに声を掛けられて俺はリュディのラーメンオヤジ化現象から意識を切り替える。

俺はリュディ達と被らないように、魚介豚骨チャーシューにした。白濁したスープの上にチャーシュー、半熟卵、ネギが乗っている。また中心には海苔が浮かべられ、その上に小さな山になった魚粉が乗せられており、自身で魚粉の量を調整出来るようになっていた。

「楽しみです♪」

とリルちゃんは割り箸を割り、レンゲを手に取る。

「熱いから気をつけてな」

と俺が言うとリルちゃんは「はい」と笑顔で言った。彼女はレンゲでスープをすくうとそのスープに向かって一生懸命にふーふーと息を吹きかける。


あーカワイイ。


俺がラーメンをふーふーするから、リルちゃんは俺をふーふーしてくれないだろうか。いや、それだとよけいに熱くなってしまいそうだ(意味深)。

リルちゃんはそのスープを飲むと、耳が『ぴょこん』と上に立ち、目をまん丸にして俺とリュディを見た。

「美味しいです、お姉様! 飲むのを止められません!」

とリルちゃんは目をキラキラさせながら、またレンゲでラーメンのスープをすくう。そしてふーふーと可愛く息を吹いて冷ますとそれを飲み込んだ。

そしてある程度堪能すると今度は箸を持ち、麺に向かって伸ばす。数本を持ち上げると、それもスープの時と同じようにかわいくふーふーしてから口に入れた。

「お、美味しいですっ!」

とリルちゃんが言うと、隣でテーブルを拭いていた店員のエルフがこちらを見て笑顔になった。

「チャーシューを食べてみなさい、飛ぶわよ?」

リュディさん、それヤバいのをキメてる時の表現ぽいです。ラーメンが美味しすぎるだけでなんも無いからね。

リルちゃんは煮込んでほろほろになったチャーシューを食べやすい大きさに箸で分けると、それを口に入れる。


「っっ!?」


両目をぱっちり開いて俺とリュディを見る。そしてラーメンを見てまた俺とリュディを見る。

「美味しすぎます、お姉様!! あまりにも美味しすぎます」

リュディは「そうでしょう」と言って自分も食べ始める。油がたっぷり浮かんだそれを飲んでリュディは恍惚な表情を浮かべた。

俺も食べよう。

リルちゃんが食べている醤油豚骨よりも少し灰色がかるそのスープからは、豚骨と魚粉が混じった濃厚な匂いがする。レンゲで掬い口元へ持ってくるとその匂いはより強まった。

「……美味しいな」

旨味の暴力だ。

先ほど鼻から感じたものが、そのまま口の中に入り暴れ回るような感覚だった。豚骨と魚介類の出汁がこれ以上無いと思えるほどうまくマッチングしている。麺も堅くなく柔らくもなくちょうど良い。

とあまりのおいしさのせいか、俺達の会話がどんどん減

ななみが読んでたまっぷ〇や、〇〇ぶみたいなのをパラパラ見たんだぞ。行く場所の計画は…………あれ？　おかしいな。

「……ラーメン店とダンジョンに行く予定しか立てていないかもしれない……」

「それって私の行きたかった、和国で修業したエルフが店主をしているラーメン店かしら？」

そこである。つまりラーメンはリュディに誘われた所であり、俺はダンジョンに行く事しか計画してない。あれ、マジ？

「まあまあ瀧音、私もダンジョンに行くのが一番の楽しみだぞ。時間を見つけて一緒に行こう」

「先輩……！」

さすが先輩だ。ゲームでも現実でも、いつだって信頼できるのは先輩だよ。

「まあ私もダンジョンに興味ありますしね。ただ終わったらツリーハウスのカフェとか行きましょうよ」

と結花が言う。確かにカフェはいい選択肢かもしれない。結構興味がある。

「そうですね、皇国で収穫されるコーヒー豆と茶葉はとても美味《おい》しいのでおすすめですよ。もちろんダンジョンも良いと思いますが」

とクラリスさんは言った。

「クラリスさんに色々案内してもらうのも良いですね」

「そうだなぁ」

と言いながらふと思う。

「それもだけどまずリュディのご両親に挨拶する時にフォローを入れてもらいたいかも」

リュディがいるとはいえ、相手は皇族だ。滅多《めった》な事があってはいけない。

「確かに陛下と話すだなんて、緊張してしまいますよね」

「私からすれば毬乃《まりの》さんもすごく立場が上な人なんだけどね」

とリュディは苦笑する。

「確かにそうですね。でも毬乃さんは何となく話しやすいんですよね」

結花の言うとおり毬乃さんはフランクだもんな。

「ご提案なのですが、今のうちに練習するのはいかがでしょうか？　僭越《せんえつ》ながら私が陛下の役をいたしますよ？」

「それはいいかもしれないな」

となかみの提案に先輩が賛成する。しかしななみが陛下役というのは不安だった。そしてそれは結花もだったようだ。

「練習自体は良いんですけど、ななみさんは奇想天外な質問をしてきそうなのでちょっと……」

「では私が見本をお見せして納得されたらどうですか？　雪音《ゆきね》様とはいかなくとも結花様以上にうまく出来る自信はありますね」

　となみは結花を軽く挑発すると、彼女はその挑発に乗る事にしたようだ。

「っはぁーっ!?　言うじゃないですか、そこまで言うならやって見せてくださいよ」

「対話で重要なのはコントロールです。相手が話しやすいテーマに誘導し気持ちよく話させるのが非常に効果的ですね」

　確かにそうなんだけど、そうする事自体が難しいんだよな。

「雪音様、何か質問していただけませんか？」

　と先輩は振られるとそうだな、と少し考える。

「うむ。では簡単に……好きな物や嫌いな物はありますか、なんてどうだろうか？」

　まあ聞かれる可能性はある？　かな。

　それを聞いたななみはしかめっ面をした。

「好きな物、嫌いな物ですか？　私の好きな物は善政で嫌いな物は税金ですね」

「うーん、不敬罪!!」

　それは誰もが嫌いだよ。でもそれを制定しているであろう国のトップに言っちゃいけない言葉だよ。ブラックジョークが過ぎるぞ。

「素晴らしいでしょう？　結花様もマネしてくださって構いませんよ」

「あちらは娘の学友だと思ってるんですよ!? そんな事言ったら空気が死にますよ！ 超絶話しにくいじゃないですか！ そもそも私は国民ですらないですからね！」

「では結花様はなんて答えるのですか？」

「私ですか……ええと、ネイルが好きです、とか？」

そういえば結花って拳で戦うタイプだが。

「結花の手はすごく綺麗だもんな」

え、と手を隠す結花。なんか微妙そうな顔をされても困る。

「確かに結花ちゃんの手は綺麗だしネイルは可愛いわよね。お母様やリルは興味を示すと思うわ」

とリュディが言う。リュディの手もすらっとしてて綺麗なんだけどね。

「まあ六十点を付けましょう」

「思ったよりも低いわね」

「結花とかは多少の失言をしても大丈夫だろうけど、俺はなぁ」

娘命の父親に変な事を言えないよなぁ。

「大丈夫です、ご主人様には何かあった時用に、油性ペンで線を入れた偽物の妊娠検査薬を用意しております」

「うん、やって良い事とやっちゃいけない事があるからね？」

明らかにライン越えてるよ！　勘違いの方向性によっては俺の命はなくなるかもしれない。

「さほど気にしなくても大丈夫ですよ」

そう言うのはクラリスさんだ。

「皆お優しい方ですし。それに私がフォローいたしますので大丈夫です。もっとも、普段通り過ごしていただければ何ら問題はありませんが」

とクラリスさんは笑顔を見せる。そうであれば良いんだけどな。普段通り出来ないよね。

とそんな様子のクラリスさんを見ていたリュディは、

「そういえば今のクラリスを見たらお父様とお母様が驚きそうね。見た目の話じゃなくて実力の方だけど」

と呟《つぶや》く。

「確かに以前の私から色々と成長したと自負しております」

そう言ってクラリスさんは笑う。出会った頃に比べたらかなり強くなったもんな。

「ほんと、見違えるほど強くなったわ」

「ええ、一生使えないと思っていた種類の魔法も使えるようになりましたし」

と自分の手を見つめ顔のほころぶクラリスさん。

「ああ、そういえば可能性の種も食べていたものね」

「そんな事もあったなぁ」

失念してたわ。言い方が悪いのは理解しているけど、あまり関心がなかったというか、そこまで重要でもないというか。まあ忘れちゃうよね。

と俺が話すとクラリスさんの動きが止まっている事に気がついた。

「…………？」

「…………？」

リュディとクラリスさんが見つめ合う。

あれ、そういえばどうやって食べさせたんだっけ？　クラリスさんは多分受け取らないから盛って…………。あれ？

「ご主人様、その件は内密だったのでは？」

ななみの言葉に、そうだったかもしれない、と返す。

リュディははっとした表情を浮かべた。

なんか記憶がよみがえってきた。

この世界において可能性の種はとてつもなく貴重なモノであり、神話とか伝説とか伝承とか、そういうのに残ってるぐらいのモノなのだ。

もちろんそんな物は国宝レベルだし、値段など付けられるわけもない。ゲームでは実力と知識さえあれば結構簡単に入手出来るんだけど。

リュディや俺の様子を見て、クラリスさんはエッ、エッと呟きながら狼狽《ろうばい》する。

「あの種を見つけた時期、お嬢様が食べた時期、そして私が魔法を使えるようになった時期………？」

まあゲームの話なんて、この世界の人に話せるわけではないし。つまりクラリスさんは国宝級の値段が付けられない伝説のアイテムを食べていた事に今気がついたという結果が残る。

彼女は自身に起こった変化に色々合点がいったのだろう。今まで苦手だった魔法が得意になるぐらいに使えるようになった、なんて以前言っていたな。

それは間違いなく可能性の種の効果です。

彼女の顔がピンクから白を通り越し、真っ青になった。そして何を思ったか自分の喉に手を突っ込もうとする。

「うううううう、おえぇっ」

「って何してるんですか？　落ち着いてください。私はよく事情を知らないんですけど、消化されている事ぐらいは分かりますよ！」

クラリスさんの行動を見た結花と先輩が動く。結花は口に入れられた手を引っこ抜き、先輩は羽交い締めにした。そしてクラリスさんは関節を極《き》められ、動けなくなる。

なんだろう。俺も羽交い締めにされたいのだが、お願いしたらしてくれるだろうか。

いや、そんな事よりもクラリスさんだ。ええとなんて言えば良いんだ？　個人的にはまた入手予定があるから、お中元ぐらいの気持ちで受け取ってほしいんだけど。

「大層な物でもないですし、気にしないでください」

と俺がそう言うと結花はジト目で見る。

「っはぁーっ……。瀧音さん。可能性の種が大層でなければ、何が大層なんですか？」

その様子を見ていたななみが近づくと「これはチャンスですよ」と俺にささやいた。何がチャンスなんだよ。

「クラリス様には大変な事かもしれませんが、ご主人様に対して特別なご奉仕が必要ですね。それはそれは美味しそうに食べてらっしゃいましたし特別なご奉仕ですね。ああー価値の付けられない物だというのにぃ〜特別なご奉仕ぃ〜♪」

「洗脳みたいな事をするのは止めろ」

特別なご奉仕って何だよ、特別なご奉仕って。最後は歌ってるじゃねーか！

「と、特別なご奉仕」

クラリスさん、顔真っ赤ですよ、ナニを想像してるんですか！　あらぬ疑いが掛けられてしまいます。

それから少ししてクラリスさんは落ち着いたため、今までの経緯を話す事にした。

それは四十層攻略前の事で、自身の時間を割き親身になって教えてくださったことへの感謝のためにしたことである。

　まあ。

「という事で気にしないでください。まあ忘れてくださっていいんですよ？」

「いえ、そうはいかないでしょう」

　納得はしてもらえなかったが。

「ですよね……」

　そうなる事が予想できたから、秘密にしている事だった。まあ俺も同じ事やられたら罪悪感っぽいのに押しつぶされそうだし。

　この状況をどうしようか悩み、俺はリュディを見つめる。表情から察するに俺に対して申し訳ないと思っているようだ。最初に彼女がポロリしてしまった事であるから、仕方ないかもしれないが。

「く、クラリス。あまり気に病む事ではないわ」

「無理でしょう。せめて事前におっしゃっていただければ……」

「それは飲まないだろう、というのが花邑家の総意だった」

　と先輩が言うとクラリスさんは苦笑いをして大きなため息をついた。

「確かに私は何が何でも断るでしょう……ああ」

「今後瀧音の修行を手伝う、日常の世話をする。それで良いと思う」

「いつもと変わらないではありませんか」

「いや、それってすごく幸せな事だと俺も思う」

誰かとすごす楽しい日常って、ほんとかけがえのないものだからな。

特に上京して一人暮らしなんかで家族友人がいないとかは、かなり辛い事だと思うし。

エロゲを始めとする娯楽とそれに関連するコミュニティがなければ、俺はどうにかなってただろう。

と俺はなにげなく言ったつもりだった。しかしクラリスさんは納得できない様子で、リユディは苦笑していた。

「幸助《こうすけ》らしいわ」

三章　ようこそトレーフル皇国へ

▶　»　«　CONFIG

Magical Explorer
Reincarnated as a Eroge Hero's Friend, I'll live freely with my Eroge knowledge.

「街は結構近代的なのだな」

リムジンの窓から見える景色を見て、先輩はそう評した。

街道には木が植えられていたり、様々な所に花が植えられていたり、あちこちに緑が溢《あふ》れている。しかしそれに交じって先鋭的な普通の家も結構建っている。また魔法で動いているモノレールのような物もある。

「それは一部の地域だけですね。他の地域ではもっと自然と調和した建築が多く、交通網もあまり発達していません」

特に他国から来る人が多い街、移民が多い街が先鋭的な傾向にあるらしい。

「基本的には自然の声が聞こえる建築が好まれるのよ。だから和国のようなビルを造れる技術やお金があるのだとしても、あえて木造建築にしていたり、ツリーハウスに住んだりしているわ。もちろん最新の魔法機器が揃った場所を好む者も居るけどね」

とリュディが補足をしてくれる。

「ふむ。ここは皇国の首都で、様々な人が来るからそれに対応して発展した、という事だな」

先輩の言葉に結花《ゆいか》が頷《うなず》く。

「だから観光客向けの素敵なお店があるんですねぇ。あ、瀧音《たきおと》さん。私実は誕生日が毎月ありまして。分かりますよね？」

チラリと高そうな杖《つえ》を見つめる。冗談ではあるだろうが、毎月プレゼントよこせと彼女は催促しているのだろう。でもさそれって。

「人の十二倍の速さで年を取っていく事は許容出来るのか……？」

「貰《もら》えるなら何でも良いですよ。年齢なんて些細《ささい》な事です」

「ご主人様。実は私も半年以上先に生誕祭がございまして、よろしければ新鮮な髪の毛と足の爪と皮脂を頂きたいのですが」

「呪術にでも使うのかな？」

普通に怖えよ。あげないよ。

「皇国の物なら私がプレゼントするわよ？」

「リュディさんは大切な友達です、何もないのに貰えませんよ！」

「あれ、俺は大切な友達枠ではない？」

まあ深く考えないようにしよう。

「それでこの後はどこへ行くんですか？」

と俺はクラリスさんに声を掛ける。

「今回はリュディ様のご学友と面会されるという事で、あまり緊張しないようにと料亭を押さえております」

「挨拶を兼ねたランチね」

緊張するかしないかで言ったら、とてつもなく緊張しそう。だって陛下が用意する料亭ってとてつもなく豪華だろ？　それに他国の大統領と食事するようなもんなんだぜ？　まあ謁見する特別な部屋とかよりはマシなんだろうけど。


なんて思っていたけど、まあ想像通りというべきだろうか。俺達が通された部屋は、とても豪華だった。

それは金銀装飾のついたきらびやかな豪華さではない。高級品を使っているのだとは思うが、使われている木材や畳、飾られている掛け軸は質素に見える。だけどそれらがここにしかないという位置に配置され、開け放たれた障子から太陽の光を招き入れると、そこを神秘的な場所のように見せた。空間が美しいと言えば良いのだろうか。

「和国の伝統的なお店のような場所だな」

その雰囲気には和国らしさがあった。先輩や紫苑《しおん》さんに「茶菓子を食べに行かんか？」

なんて誘われたらこういう店にも来るだろう。ただその部屋の存在感というか、雰囲気は桁違いに良質だが。

「ええと、俺達が和国から来たから、緊張しないようにと気を遣ってくれたんだよな？」

「瀧音さんの言うとおりですよ。配慮はありがたいんですけど、配慮になってますかね？私がここに居ると場違い感があるんですけど」

用意してくれた人の娘の前だからか、小声で先輩に話しかける結花。

「あまり気にする事ではないと思う。友人の御家族と食事をするのだと考えればいい。ただ、私もこの雰囲気を見て気後れするのは事実だな」

先輩は苦笑しながら一つの掛け軸を見る。その視線を結花と俺が追う。

「あの掛け軸があれば車が買えるだろう、安い家なら建つかもしれないな」

「何で美術館レベルを簡単に置くんですかね」

俺達が到着してすぐにリュディ達の家族は来た。

彼らが到着して初めに俺達は挨拶を交わす。

そして俺達が軽く自己紹介をすると、今度はリュディの家族が簡単に自己紹介を始めた。

まあＷＥＢで『トレーフル皇国　皇族』で調べれば簡単に分かるから、皆は事前にある程度知識として持っているだろうが。

「マルク・オリヴィエ・リュカ・ド・ラ・トレーフルだ」

そう言う彼は三十代前半の切れ目イケメンである。しかし彼はエルフであり、その見た目と年齢をイコールで結んではいけない。彼は百年以上生きているエルフの皇帝である。

もちろんではあるが、俺は彼がどのような人かを知っている。ゲームで伊織《いおり》が初めて会った時に、鋭い視線を向けられる事も知っている。その時の伊織は背筋が凍ったなんて言ったがアレは嘘だ。凍るどころか生きている心地がしないぐらいである。だがこの絶対零度の視線を浴びているのは幸いにも俺だけだった。まあ、普通に考えたらそうか。

「ごめんね幸助《こうすけ》君。機嫌が悪そうに見えるけどいつもの事だから気にしないでね。リュディの母、ソフィア・クロエ・ド・ラ・トレーフルよ。気軽にソフィアと呼んでね」

そう言ってにっこり笑うのはリュディの母だ。なんて優しくて温かい視線なのだろう、マルク陛下との温度差が激しすぎる。でも気軽に呼べませんって。

そんなソフィアさんはリュディと結構似ている。目の色は父親似だが、後はお母さん似だと思う。彼女の横にリュディが立つとまるで姉妹のようだった。

またはつみ姉さんくらいの年齢にしか見えないのだが、実は旦那よりも年上である。また年齢の話は禁忌だ。そして皇帝である旦那よりも強い（物理）。

「リル・イネス・ド・ラ・トレーフルです。よろしくお願いします」

リルちゃんを一言で表せば天使である。種族はエルフだけど俺達紳士淑女から見れば天使である。こんなに可愛くて小さくて純粋な子が天使以外のなにかであるか？　存在が天使である。故に天使である（洗脳）。

またリュディ達には姉が一人いるが、ソフィアさん曰く嫁ぎ先で用があって来られないとか。ちなみにゲームで登場しないし、ほぼ語られないため謎の人物だったな。

さあ挨拶も終わったし、お待ちかねの食事ですね！　というわけではなかった。リュディの家族は先にどうしても言っておきたい事があったらしい。それは。

「以前ホテルでリュディやクラリスの危機を救った事を覚えているだろうか」

ホテルでの事と言えば初めてリュディとクラリスさんに会った時の事だ。覚えてるよ。そんな事もあったな。エルフに裏切り者がいてクラリスさん共々追い詰められたんだよな。あの時初めてまともに戦ったんだが……よく無事だったな。手に残っている幸せの感触は一生忘れない。

「誠に感謝している。ありがとう」

それと同時にリュディ含むリュディ一家、そしてクラリスさんも俺達に頭を下げた。

何で皆頭下げるのひぃぃ、と内心びびりながら「頭を上げてください」と言う。しかし彼らは頭を上げない。

「無論、それだけじゃなく何度も危機を救ってくれたと聞いている。そして花邑《はなむら》家にもとてもお世話になった、いやお世話になった、ではなくなっていると言った方が正しいいな」

陛下が頭下げちゃ駄目でしょ。あれ良いのか？　いやどっちにしろ生きた心地しないから頭を上げてほしい。

「君らがいなかったらリュディがどうなっていたか……。いくら感謝してもしきれない」

「いえ、その件はたまたまですし、普段からお嬢様には此方《こちら》も助けていただいておりますし、もちろんクラリスさん達メイドの方にも色々と助けていただいておりますし……」

となんかよく分からない事を言いながら、なんとか頭を上げて貰う。

「だから私の方がリュディさんに感謝をしております」

なんて二人で感謝し合っていると、クラリスさんが気を利かせてくれて、「瀧音様もお困りですし、食事になさるのはいかがでしょう」と提言する。

こうして今度は食事会が始まった。

さあ席について、とソフィアさんが俺達を座らせてくれたのは良いし、分かる。

俺達とリュディ達家族を対面にして顔を見ながら、対話をしながら食べられるようにするのも分かる。

しかし俺の目の前に渋い顔で俺を見るマルク陛下を配置するのは間違っていると思う。

俺の左隣にリュディがいる事が救いか。

「……はは、とても美味《おい》しいですね」

と俺が言うと陛下は頷く。

気まずい。まるで監視されているかのようだ。さっきリュディが俺の服に付いていたゴミを取ってくれた時に感じた魔力の高まりは多分彼だろう。

俺の言葉に返答してくれたのはリュディの母親、ソフィアさんである。

「ふふ、口に合って良かったわ。最初はトレーフルらしい料理とも思ったんだけど、ちょっとトレーフルには独特な料理があったりするから……。最初は食べ慣れている和国のご飯がメインの方が良いのかなと思ったのよ」

ありがたい配慮である。

「でもこっちの料理はトレーフル向けの味付けになっていたりするから、食べてみてね」

「はい、いただきます」

トレーフル皇国はエルフの国だ。一般的なオタク達が持つような知識の通り、エルフは野菜類が好きである。また味付けは素材の味を生かした物が多い。

だから俺の斜め前に居る濃厚豚骨ニンニク油マシマシもつるりとイケるエルフは珍しい方だと思う。

「幸助？　どうしたの？」

「バリカタ……いや何でもない」

「硬い？　ふふ、もしかして緊張しているの？　お父様、そんなに幸助を睨《にら》まないであげて」

リュディがそう言うと陛下は心外だとばかりに息をつく。

「睨んでなどいない、これは私の普通だ」

それに対してツッコミを入れたのは母のソフィアさんだ。

「嘘おっしゃい。アナタったら、いつもはそうじゃないでしょ。リルと話す時はもっと『でれーっ』としているじゃない」

視線が気になっていたからそう言ってくれるのは助かる。まあ俺に『でれーっ』とされても困るが。

あ、陛下がソフィアさんを睨んでる。ちょっとフォローを入れようか。

「まありルさんもリュディさんもお綺麗ですから、そうなる気持ちは察せられますね」

しかしその言葉は少し失敗だったかもしれない。

「リュディやリルはやらんぞ」

彼はすごい勢いで首を動かし俺を見ると、さっきよりも低くドスの利いた声で話す。普通に恐《こわ》いんだけど。

「もう、アナタったら。お世辞なんだからいちいち反応しないの」

俺はあはは、と笑うしかない。まあ普通にお世辞じゃないんだけどな。ちなみにソフィアさんもめちゃくちゃ美人です、はい。

「ごめんなさいね、幸助君」

「あの……お母様。私も幸助様と少しお話しして良いですか？」

と先ほど先輩や結花達と話していたリルちゃんが此方の話に交ざる。

「その、ストールを触っても良いですか？」

「ストール？　いいですよ」

と俺が言うと彼女は笑顔で立ち上がる。

「リル、はしたないですよ。食事が終わってからになさい」

とソフィアさんが言うと彼女は「すみません」と言ってとても悲しそうに着席する。

いかん。ようじょ……間違ったリルちゃんの悲しい顔は、この世界にとって悪影響である。

俺はふと思いつき、ストールに魔力を込める。そして近くにあった追加用のソースをストールで摑《つか》み、リルちゃんのもとへ。

「リルさん、ソースの追加はどうかな？」

「！　あっ……」

チラリと母親であるソフィアさんを見るリルちゃん。

「はぁ、幸助君ったら。ごめんなさいね。リル、良いわよ」

「！　えへへ、ありがとうございます」

そう言ってペタペタと触る。

「ふわぁぁぁあ、すごいです。聞いてたとおりとっても堅い」

「柔らかくも出来ますよ」

と俺が魔力の質を変えると少しだけ弾力を持ったストールに変わる。

「わあ、すごい。今度はふにゃふにゃですっ！」

と彼女は俺のストールを堪能する。そして俺が自分のもとにストールを戻そうとすると、

「幸助君。此方にもソースを頂けるかしら？」

とソフィアさんが言った。どうやらソフィアさんも触ってみたかったようだ。それを聞いたリルちゃんは口を尖《とが》らせる。

「お母様だって触りたかったのではありませんか！」

「当然でしょう、私だって我慢していたんですから。リル、今後は食事が終わってからお願いなさい」

不満そうな顔でじっと見るリルちゃん。

「そんな事をすると、邪悪に魂を取られますよ？」

そうソフィアさんに言われ、渋々といった様子で返事をした。

「……はぁい」

と俺はストールを伸ばしソフィアさんのもとへ。一応陛下にも触れるように其方へ伸ばす。彼も興味があったのか何度か触っていた。

「すごいわね、属性も付与《エンチャント》できると聞いたのだけど」

「こんな風に出来ますね。応用すれば外気温が高くてもストールで調整出来たりしますね」

と氷属性を付与すると彼女は冷たくなったストールを触って「すごいわ、質も魔力量も。聞いていた以上」と呟いた。

どうやら俺の魔力タンクさは知っていたらしい。クラリスさんや毬乃《まりの》さん経由かな？

「あのお母様っ、ずるいです！」

とリルちゃんはご立腹だ。俺はすぐにリルちゃんにも伸ばすと、彼女はすごく嬉《うれ》しそうに「はわわわぁ♪　冷たいです」と堪能し始める。あ、自分の首に巻いちゃった。

と、その時だった。背筋に何か冷たいものを感じたのは。それはエンチャントしたストールの冷たさではない。雰囲気というか殺気というか、心理的な冷たさだった。

「瀧音君。ありがとう」

陛下の声に俺は振り向く。

そしてこの悪寒の原因は視線であると気がついた。それも陛下のだ。彼は俺に向かってお礼を言うがその視線には、なんか敵意こもってない？　恐いから話を逸《そ》らそう。ええと、何か話題話題、そうだ。

「は、はいっ。………そ、そういえばソフィア様は先ほど魂を取られるとおっしゃっていましたね？　それは一体何なんですか？」

と無理やり話を変える。するとリュディはふふ、と笑った。

「トレーフル皇国で悪い子に言い聞かせる昔話よ。昔々エルフを虐《いじ》める悪い子がいたの。その子はあまりにも悪い事をし続けるから、見かねた『アークエルフ』に魂を抜かれた上に操り人形にされてしまうって話があるの。ちなみにアークエルフは私達エルフの上位種の一つと言われているわね」

「なかなか恐いですね……」

言う事聞かない子供を驚かしていい子にさせるって奴だな。なまはげなんかも、そういった側面もあるよな。

「まあそのアークエルフは自分の持つ力に飲み込まれて、だんだんおかしくなっていくの。そして魂を抜いた子達を操って大暴れするんだけど、見かねたエルフのもう一つの上位種である『ハイエルフ』に封じられたのよ」

「そうなんですね」

リュディの説明に結花が相づちを打つ。

「でも悪い事をしているとまたアークエルフが復活して魂を取られ操られるかもしれないと言って脅すのよ」

「リルはその話を何回も聞きました！　絵本にあるし、知らないエルフを見た事が無いです」

へえ、アークエルフの話はそれくらいメジャーなんだな。

まあアークエルフとはいずれ戦う事になるんだけどな。倒すにはリュディの覚醒が必要だから結構先の話になるだろうが。

それから皆の話題は結花や先輩の武器や戦闘方法へ変わっていく。

◇

緊張のあまり何を話したかと何を食べたのかが曖昧な時間が終わり、俺達は用意されたホテルに行く。

何を話したかは多少覚えている。父親の方はほとんど話す事はなかった。ただ娘達が話す事を優しい目で見ている印象だった。

しかしその分母親《ソフィア》と妹《リル》がこれでもかというぐらい話す、そんな感じだろうか。

特にリルちゃんは話し足りなかったのだろうか、また明日お話ししたいとの事で、俺達はもちろんOKをだした。明日は午前中からリュディ御家族の住むお城へ行く事が決定している。

という事でそろそろシャワーでも浴びてゆっくり寝ようと思った時だった。部屋のインターホンがなったのは。

ななみや結花でも来たのかな？　とドア前のカメラ画面を見てみると、そこに映っていたのはどえらい美人エルフである。

「ヒェッなんでっ⁉」

それはとても見覚えがあった。リュディの母親である。急いで身だしなみを整えドアを開け彼女を迎え入れると、待たせた事を謝った。

「いえ、大丈夫です」

「此方こそ、急にごめんなさいね」

うんなんだろう。こんなイベント無かったよね。なんで？　なんて頭の中をぐるぐるしていたが。

「今お話ししても良いかしら？」

「も、もちろんです」

と俺はとりあえず着席しましょうと彼女を椅子に座らせる。そしてホテルの備え付けのポットのスイッチを入れ、最高級の茶葉は持ってきただろうかと荷物を漁《あさ》っていると、彼女は笑いながら気を遣わなくて大丈夫よと言う。

しかし何も出さないわけにはいかない。結局俺がよく飲む紅茶を入れて彼女の前に出した。

「ありがとう」

「……それで何かあったんですか？」

「どうしても二人で話したい事があって」

と切り出す。

……マジで何だこのシチュエーション。

「な、なんでしょう？」

「まず、幸助君はリュディちゃんの事はどう思っているの？」

『まず』が付いているのが気になるが。

「リュディさんの事ですか？　ええと」

「いつもは呼び捨てなのでしょう。リュディで良いわ。で、リュディはかわいい？」

「ま、まあカワイイですね。頭脳明晰《めいせき》で優しい子だと思います」

「そう、まあその事はまた後でいくらでも聞くからいいわ、もう夜も遅いし本題に入るわね」

彼女は俺の顔を見ながら少しニヤニヤしつつ話を続ける。なんだろう、毬乃さんと話している時のように、見透かされてる気分だ。

「ねえ幸助君。あなたは可能性の種って知っているかしら？」

そりゃあもちろん知っている。

「何ですかそれ、初めて聞く言葉ですね」

しかしそれを知っていると認めると、何か面倒くさい事が起こるような、そんな気がしてごまかした。しかし言ってから、なんでこのタイミングで聞いてきたかを考えると、正直に話してしまっても良かったかもしれない。

「フフ、面白い事を言うのね」

ほら現にソフィアさんが笑って俺を見ている。

はぁ、と思わずため息が漏れてしまう。多分だがこの話が来た原因は。

「クラリスさんは話してしまったんですか？」

ソフィアさんは頷《うなず》く。

「ええ。話させたの。でも、もし貴方《あなた》の前に退職を考えていると言うクラリスが来たら、それはもう問い詰めるでしょう？」

まあ問い詰めるね。別に口止めしていたわけではなかったし雇い主には話しても良いしな。

「価値が分からないわけではないのよね？」

「まあ」

「何であげたのかしら？」

理由を考えても。

「その時にお世話になったから、ですかね？　深く気にしないでほしいんですけど」

「それは無理でしょう？　この国でも用意するなんて出来ないわ」

これって傍《はた》から見れば、俺何かやっちゃいました？　系なんだろうな。

「あー……そうなんですね。まあだからといって別にそんな気にしなくて良いんですけど」

「気にするでしょう。まあ私も正直に言うとね、あの子の人生なのだから、自由にすれば良いと思っている」

しかしそこで話を区切る。そして、

「でも娘の事になれば、話は別なの」

と言った。

「リュディの護衛の事ですよね」

違うだろうなぁとは思いつつも一応とぼけておく。

「……違うわ。あなた、リュディの事を話したんでしょう？」

クラリスさんはリュディちゃんにもあげたんでしょう？」

クラリスさんはリュディの事を話してないのだろうか？　話してもおかしくないし本人が話していてもおかしくはないか。

「…………はい。クラリスさんが話したんですか？」

「どう言えば良いのかしら。毬乃ちゃんやはつみちゃんに師事したとはいえ、それじゃ説明が付かない魔法を使っていたのよ。全く使える気配のない魔法だったり、相性が悪くて使えなかった魔法だったり」

　それは間違いなく可能性の種の効果ですね。普通におかしいと思うよね。

「それこそ伝説のようなアイテムでしか聞いた事のないような効果よね。どうしましょうか？」

　そう言って彼女は苦笑する。

「ええと、あー」

　と俺が言いよどんでいると彼女は笑う。そしてごめんなさいねと謝った。

「俺的にはあげた事も気にしないでほしいんですが」

「……まあ今はそれでいておこうかしら。それにしても毬乃ちゃんに聞いていた通りだわ」

　毬乃ちゃん、ねぇ。

「あんまり聞きたくないんですけど、毬乃さんはなんて言っていたんですか？」

「魔性の男と言っていたわね」

「何言ってるんですか毬乃さん……」

「冗談よ。でも油断していると落とされるとは言っていたわ」

「それ意味合いほとんど同じじゃないですか？」

「そうかもしれないわね」

「てかソフィア様、こんな時間にそんな話をされる男の部屋にいて良いんですか？」

　と遠回しに帰った方が良いのではオーラを出す。ここにいると俺のライフがゼロになりそう。

　すると、彼女は手を叩《たた》いた。

「そうだわ、呼び方よ」

「急にどうされたんですか？」

「仲良くなるためには呼び方って重要だと思うのよ。何かしっくりこないなと思っていたのよね。ええ。変えて頂戴」

「ええと、立場は皇后ですよね？」

「公式の場ではそうでしょう。でも私はリュディの母なのよ？」

　友人の母親、という事だよね？　お姉さん……いや彼女は普通に百歳超えてるし『おばさん』は禁句だから。なら。

「ではソフィアさん？」

「そうねぇ、私はお母さんでも良いんだけれど」

　うーん、呼べるわけないだろ！

「ははは……」

　苦笑するしかなかった。

「私からはコウくんでいいわね？」

　もちろんです、ソフィア様！　でもそう呼ばれると心がぞわぞわしてしまいます！

「うん、コウくん。いいわね。これから末永くよろしくね」

と彼女は俺の姿を見てふと言う。

「もしかして寝る所だった？」

「そう、ですね」

「ごめんなさいね、そんな時に来てしまって……そうだわ！」

そう言って彼女は立ち上がるとベッドの上に腰かける。

「良ければ添い寝しましょうか？　子守歌も歌ってあげる。私が歌うとリルはすぐに寝てしまうのよ」

「へ？　いや、こ、困ります。俺はソフィアさんの子供ではないですし！」

と俺が焦りながら言うとソフィアさんは笑いだす。

「ふふ、冗談よ。毬乃ちゃんからからかうと面白いから、少しやってみてと言われていたの。ごめんなさいね」

おいおいおいおいおい。マジでさ、毬乃さんよ、何言ってるんですか。とても素晴らしいサービスが受けられました。最高です！

◇

一泊して俺達が来たのはダンジョン、ではない。もちろん行きたいのはやまやまだが、俺達が来たのは住みやすさと美を追求したような城だった。

それはリュディ達皇族が住む城だ。

ディズニーランドにあるスタイリッシュでスリムなお城とは違って、どこかずんぐりむっくり感がある城なのだが、それがとても可愛い。ゲームの設定資料を読んだ限りだと、フランスにあるショーモン城に影響を受けて描いた城らしい。とても綺麗らしくいつか聖地巡礼しに行きたいなと思っていたが、巡礼どころか本当に来てしまった。多分こんな経験が出来るのは俺以外には居ないだろう。

さて、なぜ俺はそんな所にいるのか。

それはリルちゃんに正式にご招待されたからである。リルちゃんはリュディと遊ぶのを楽しみにしていたが、それと同じくらい俺達と会うのも楽しみにしていたらしい。食事の時もその片鱗《へんりん》を見せていたもんね。そう言われるとねなんか元気な姪《めい》やら孫やらを見る気分になってね嬉《うれ》しくなっちゃうんだよ。

子供の笑顔ってすごいよね、男女問わず、犬猫もそうだけど楽しそうにしている姿を見ているだけで心がポカポカするからね。

しかしおかしな事がある。

俺はリルちゃんに招待されたはずだ。間違いない。昨日言われたんだ、もっと魔法を見せてくださいって、一緒に遊ぼうって。

此方《こちら》だって頭をこすりつけてお願いしたって実現するか分からない光栄を授かったと思ったんだ。

しかしながら目の前にいるのは、リルちゃんではない。

「…………」

石化の邪眼と言われても納得してしまいそうな、鋭い視線を浴びせるイケメンが居るのだ。

そう、父親であるマルク陛下だ。彼はじっと俺を見ていた。

「あ、あの、どうされました？」

リルちゃんと至福の時間を過ごせると思っていた。しかしそれは城の前で元気に手を振ってくれたリルちゃんと少し会話した十数分だけである。

なぜか彼は皆の中から俺だけを呼び出した。

そしてこの沈黙である。

「聞きたい事がある」

「聞きたい事ですか？」

せめてリュディやクラリスさんがいれば心は少し楽になっていただろう。しかし二人で話したい、リュディは来るなと彼に止められたから、戦うのは俺しかいない。

「君は……リュディやリルの事はどう思っている？」

「ええと、国の宝ですかね？」

まあ国どころか次元を超えたファン《エロゲプレイヤー》を摑んだ、至高のようじょである。特にリュディルートを突き進んで後に発売されたファンディスクでも愛を貫き通した同志で、リルちゃんを嫌いな人なんて一人も居ないだろう。まあ、もしいたらぶん殴ってるだろう。

「……その通りだ」

そう言って彼は後ろを向く。

「私は娘らを失ったら、自分を保てる自信が無い。国にとっても大きな損失だ。しかし彼女らの命を狙う者がいる」

と彼は言う。もちろんその気持ちはよく分かる。

「それは存じています。自分はリュディさんが安心して暮らせるよう、彼女の周りを命を懸けて守ろうと思っております」

そう言うと彼はぷるぷると震え出す。あれ、怒らせるような事を言ったつもりは無いのだが。

「くっ娘はやらんぞ……っ！」

「言いよどむのか……だいたい私は」

と話している時に大きな音が後ろから聞こえる。俺が振り向くとそこに居たのは笑顔なんだけど目が笑っていないソフィアさんだった。しかもなぜか体に強い魔力を纏《まと》っている。

「ア・ナ・タ。何をしているのかしら」

彼女の迫力に思わず自分の中で温度が一度下がったような、そんな気分になった。そしてそうなったのは俺だけではないようだ。

「ソフィア。私は彼と大切な話をしていただけだ」

俺は陛下が奥さんであるソフィアさんに頭が上がらない事を知っている。若く見えるけれど陛下よりも年上で、よく一緒に遊んでいた事も知っている。また戦うと魔法ありでも無しでも陛下は彼女に勝てない事も知っている。尻に敷かれてるんだよな。

「なら幸助君を連れて行くわね」

と彼女は俺の手を取る。おお、力強いですね。先輩タイプで、見た目から想像出来ないぐらいのパワーが手から伝わってきます。正直恐《こわ》いです。

と俺はソフィアさんに連れて行かれ、部屋を出る。

「ごめんなさいね……変な事言ってなかった？」

「あ、いえ。特になにかされたわけではないですし」

「うん、分かったわ。あとで分からせておくから大丈夫」

　聞く気ないですよね。それに分からせるって何ですか？　すごく恐怖を感じると同時に、自分も分からせられたいと謎の欲求が生まれたんですけど。

　と俺がモヤモヤしながら案内されたのは応接室のような所だった。そこではリュディやリルちゃん達がちょうど遊んでいたようだ。

「ご主人様の秘密をリル様だけにお教えいたしますよ」

　そう言うのはななみだ。俺の顔を見て急にそんな話を始めやがった。

「と、トクベツですかっ！」

　リルちゃんは俺が来た事には気がついていないのか、目をすっごいキラキラさせて新型ゲーム機の抽選に当たったような顔をしてる。幼い子って特別とか大好きだよね。あんな笑顔を見せられたら止められない。

「ええ。特別ですよ」

　ななみはそう言って人差し指を立て唇に当てるとウインクする。秘密だぞ、みたいに言わないでくれ、皆どころか本人いるんだけど。

　ってか秘密って心当たりがありすぎて不安しかないんだけど。アマテラス女学園の事を言うのは止めてくれな。

「はい、トクベツですっ！　誰にも言いません！」

「……実はご主人様はですね、足で歩くより尻で滑った方が速く動けるんですよ」

「ええええええ！」

と目玉が飛び出そうなぐらい大きく目を開けて驚くリルちゃん。

「ツクヨミのサンダーボルトと呼ばれているのも伊達《だて》ではありません」

「リュディお姉様、それは本当ですか⁉」

「半分くらい嘘ね」

「なんだ、半分も嘘なんですね～。って半分も本当ですかっ⁈」

そんなわけないだろう。

「全部嘘だよ」

俺の声が聞こえて振り向くリルちゃん。

「えええええぇ！　いつの間に！」

彼女の驚きにななみは「ふふっ」と不敵な笑いをする。

「これで尻で移動していた事が証明されましたね。尻はステルスです」

「意味分かんない事言うな」

「ど、どうすればお尻で歩けるんですか⁉」

「まずは尻を二つに割る所から始めませんとイケません」

「もう割れてます～っ」

おい誰か止めろ！　収拾が付かなすぎる。

ななみが混乱させ、俺がツッコミを入れるを繰り返しているとようやくリュディが動き出した。

「ごめんなさいねリル。実は冗談よ」

とリュディはリルちゃんに本当の事を話した。なんで尻で移動できる事を信じかけていたのだろう。

笑いながら、「もー」と怒るリルちゃんはやっぱり天使だった。生物学的天使がここに居るけど、それとは次元の違う天使だった。

リュディに文句を言うリルちゃんと、まあまあとたしなめる先輩を見ていると「そういえば」とななみはつぶやき結花を見る。

「強力なライバル登場ですが、どうされるんですか結花様」

ななみのよく分からない言葉に、結花は怪訝《けげん》な顔をする。

「強力なライバルって何ですか、強力なライバルって？」

ななみはチラリとリルちゃんを見る。

「もちろん妹ポジションですよ。いもポジです。真の妹が現れたじゃないですか」

「っはぁーっ？　真の妹ってなんですか。妹に真も偽もありませんから。てか、そもそも私は瀧音さんの妹じゃないですからね」

そう言われ、ななみは首をかしげる。

「？　しかし結花様は伊織様の義妹ですよね？」

「……まあお兄ちゃんですね」

うんうんとななみは頷《うなず》く。

「ならご主人様も『お兄様♥』でよろしいじゃないですか」

「よろしくないですよ！　さも当然のように言わないでください。お兄ちゃんは瀧音さんと夫婦なんですか⁉　意味が分からなすぎるんですけど、誰か私の代わりに翻訳してください！」

「でも安心してください。結花様は天然の妹ですし、運命の妹でもありますし、なにより存在が妹ですからね」

「存在が妹とかって何ですか？　初めて聞くんですけど」

俺に聞かれても困る。天然妹も運命妹も分かりません。

「ほら、そうこう言っている間にもリル様が『妹ポイント』を稼いでしまうかもしれませんよ、早く結花様も服を脱いで……」

「だから妹ポイントって何ですか⁉」

てか服を脱ぐ必要性あるのか？

「妹ポイントはご主人様のアイスを勝手に食べたり、寝ているご主人様を起こしたり、一緒にゲームをしたり、何かと相談を持ちかけたり、言葉にするのがためらわれるダンジョンを一緒に攻略すると上がるポイントですよ。ご存じのはずです」

「全部やった事ありますけど、全く存じませんよ！」

「すでにかなりポイントを稼いでいそうだな」

残念な事に服を脱ぐ必要性はなさそうだ。てかアイスはお前だったのか。

「ッ！　やはり、結花様は魔性の妹……！」

「あーもう訳分かんないんで妹で良いです」

いや良くな………ん？　……お兄ちゃん？　お兄、ちゃん!?　お兄ちゃんっっ！

結花は魔性の妹かもしれない。

◇

「あー疲れた」

思わず声が漏れる。シャワーを浴びたらどっと疲れが出た。

リルちゃんやソフィアさんと話すのは楽しくて良いんだが、不思議なプレッシャーを掛けられている感じがするんだよな。

俺は椅子に座りはぁと息を吐く。

さてこの後どうするかなと考える。シャワー前に先輩や結花と軽く体を動かしたし、もう寝てしまっても良い。でも何となくすぐには寝られなそうな気もした。いつもはもう少し起きてるもんな。なら読書でもするかと自身の荷物から本を取り出す。

そんな時だった、部屋がノックされたのは。俺は色々覚えがあって体が一瞬跳ねる。

前日の事を思い出し身構えていたが、入室してきたのはリュディだった。

「今、大丈夫かしら？」

「ああ、大丈夫だ」

彼女は寝間着だった。

俺のベッドの横に座ると、少し疲れが混じった様子で笑う。

「ごめんなさいね、お父様もお母様もリルまでも……大変だったでしょう？」

そんな事はないよと首を振る。

「すごく楽しかったよ。大変な事はあったけど、大変だった事の半分以上はななみのツッコミだし」

最終的になぜか皆でゲームする事になったし。

多分だが、リルちゃんと皆が仲良く出来るようにするため、色々ボケをしてくれてたんだろう。ちなみに自分が楽しいから引っかき回した説もある。

「リルはね、ここの所私の件があったから、窮屈な思いをしていたと思うの」

「……邪神教でか」

「ええ、実はお母様からも相談されていたの。最近リルの笑顔が減ってるって」

邪神教は色々理由があってトレーフル家を狙っている。最近はリュディが襲われたため、警備を強化したり、不要な外出を避けるようにしているようだ。

「今日は本当に楽しそうだった」

そう言って何かを思い出したのか、ふふっと笑う。

「それなら良かった。俺も楽しかったよ」

とリュディの様子を見ていてふと気がつく。彼女の顔がいつもより……。

「リュディ、結構疲れてないか？」

そう言うとリュディの耳がピクリと動く。そして彼女は苦笑いを浮かべた。

「……分かる？」

「そりゃあな。どれだけ一緒に居たと思ってんだよ……半年も経過してないか」

なんかずっと一緒に居る気分だけど、日数的には全然なんだよな。

「ふふっそうね。でも幸助には私のほとんどを見られたような気分よ。ここ数ヶ月で、人生数回分の事件があったしね。今日も色々あったわ」

確かにそうだな。探偵系の小説や漫画の主人公ほどではないが、色んなイベントがあったと思う。てか一般人なら一生経験しない事を経験してるだろうな。邪神教とか桜《さくら》さんの件とか。

以前の事件の事を思い返していると、不意にリュディがじっと俺の顔を見ている事に気がついた。

「…………………ねぇ、ありがとう。幸助」

「ああ。リルちゃんの事なら気にするなって」

「そうじゃないわ」

「?」

「今までの全部含めてよ」

「……俺が感謝したいぐらいなんだけどな」

そう言うとリュディは笑った。

「皇族ってしがらみがあったり、命を狙われたりで大変な事がたくさんある。でも人生を選べるなら、また同じ人生を歩みたいわ」

「そうなのか？」

「ええ、だって幸助に会えたもの」

そう言って彼女は笑う。

「もちろん雪音《ゆきね》さんや毬乃さんはつみさん結花ちゃんななみ、里菜ちゃんに伊織君達や先生方に会えた事も良かった。皇族の使命や邪神教の件があっても、私はまた同じように過ごしたい」

「邪神教があっても、か」

かなり重い出来事だったが、それでもって事なのか。

「ええ。だって何かあったら幸助が守ってくれるんでしょ？」

……まあそりゃあ、ね。

「当然だろ」

「ふふっ」

そう言って彼女はベッドにゆっくり倒れ、両腕をぐっと伸ばす。

「やっぱり疲れていたのかしら、なんだか眠くなってきたわ」

「ここで寝て大丈夫なのか？」

色んな意味で。

「大丈夫よ、幸助なら……べつにいいし」

彼女は無防備だった。自宅という事もあるだろう。敵も居ない。

彼女は少しして、呼吸を穏やかなリズムで刻み始めた。

「何も良くないんだけど」

彼女をベッドの中心に移動させ、布団を掛ける。もしリュディの父親や母親が俺達の姿を見たら、なんて想像しながらリュディの寝顔を見る。

ほんと端麗だ。白くすべすべの肌に薄く綺麗《きれい》な形をした唇から、小さな呼吸音が聞こえる。ほんと、もうね。ぐっすりだよ。ちょっといたずらしたって気がつかなそうだ。

「……ま、いいか」

なんか分かんないけど、この寝顔を見ていたら何でも出来そうな気がしてきたし、どうにかなりそうな気がする。

それに起こして部屋へ連れて行く事は野暮《やぼ》ったい。

じゃあ何をするかと、俺は暇つぶしに何か無いかと荷物を漁《あさ》る。そして一冊の本を手に取ると視線をリュディに向ける。

規則正しく上下する布団と彼女の姿を見ていたが、やがて視線を外し本の世界へ入り込んでいく。

それからクラリスさんが来るまで、彼女は寝ていた。

四章 したいこと、しなければならないこと

▶ » « CONFIG

Magical Explorer
Reincarnated as a Eroge Hero's Friend, I'll live freely with my Eroge knowledge.

―リュディ視点―


自分でも驚くぐらいぐっすり眠ってしまった。

なんだか楽しんでもらいたかったけれど、お父様達のせいであまり楽しめていないような気がした。

もしかしたらではあるが、お父様やお母様以上に信頼をしているかもしれない。

それぐらい幸助《こうすけ》は自分の身を危険にさらしてまで私を助けてくれる。

「幸助、ね」

一体幸助は何をしたいのだろうか。

彼の目的は『強くなる』だけではない事は明白だった。彼は桜《さくら》さんや私を救い、そして『守りたい』と言っていた。

彼は私達が見ていない何かを知っていて、行動を起こしている。

「私は彼の力になりたい」

しかし彼は色んな事をぼかしている。目的も本当の目標も話してくれない事が多い。

ただ一つ、私に力を付けてほしい事だけはとても伝わっていた。そして私も力を求めていたから、それに関しては意見が一致している。私も助けられてばかりではなく、彼の力になりたいと思っていたから。

そう考えるきっかけは幸助達の成長を目の当たりにしているのもあったが、伊織《いおり》君や里菜ちゃん達の成長も見ているからだろう。

私は式部会ではないし基本的には学園で普通の生活を送らざるを得ない。それで幸助達と実力が離されていくような気がしていた。しかし伊織君達は信じられない早さで力を付けており、幸助を追いかけていた。

最近特にめざましいのが、里菜ちゃんだ。

なんと言えば良いのだろうか、すべてが一回り大きくなったと言えば良いのだろうか。

もちろんそれは物理的な身長や体重ではなく、すべての能力が大きく向上したような、そんな感じだった。

以前里菜ちゃんとダンジョンに行った時は、頼もしい彼女の後ろで魔法を放っていただけだった。一緒に戦っているというより、どこか守られている感じがあった。

「やっぱり今でも守られているだけ」

今の伊織君や里菜ちゃんなら、幸助の横に立っても見劣りしないと思う。でも私はそうではない。

ふとリルに話した事を思い出す。

「皇族の持っているはずの力を私も出せたら、私は彼の横に立てるのに」

たまに考えてしまう。エルフの中でも特に力があり、災厄であるアークエルフを封印した伝説のエルフの事を。私はそのエルフと同じ力を出せる可能性がある。

私は彼の血を引いているはずだから。

しかし同じ血を引いている父でさえ至れなかったのに、私はそこに至れるのだろうか。

「考えても駄目ね。とりあえず……出来る事をしましょう」

お父様に会った時に、英雄の話を聞かせてもらうのもいいかもしれない。

でも今はお父様はここには居ない。それに話した所で悩みが解決する可能性も低い。

今できる事をしていかないと、ただただ置いて行かれる。

「幸助の目標や目的が知れれば、もう少し動きようがあるんだけど」

幸助の最終目標が見えるのと見えないのとでは、私が出来る事が変わってくる。

もし彼がケーキを作りたいのなら、彼が生クリームを用意して泡立てているのを、私が一緒に手伝っているというのが今の現状。だけれどケーキを作るという最終段階を知っていれば、私は生地を用意したりフルーツを用意したりと別で動く事も出来る。

ななみなら何かを知っているのだろうか？

彼女は間違いなく私より彼の何かを知っている。

「ななみの所へ行こう」

と私はななみの姿を捜す事にした。

そして彼女は比較的早くに見つけられた。それはクラリスが謎の会話をしていたからだ。

「しかし、彼は受け取ってくれません。私はどうすれば」

「簡単な事です。ご主人様はどうせ一緒になります。なら二人でご奉仕、これでよいではありませんか」

「しかし他が許すか……」

「もちろん許されるでしょう。最大の権力者が味方に付いているようなものです。そちらについてはクラリス様の方がお詳しいのでは？」

「確かにかなり気に入っていらっしゃるようですが」

「ですので大丈夫です。問題は……クラリス様ですね」

「私ですか？」

「ええ、クラリス様は一緒になられた後が大変です。もしお二人があぁんな事になった時に、参加せざるを得ないでしょう」

「えええ、さ、参加ですか⁉　聞いた事がありませんよ⁉」

「私もレアケースだと思います。しかしクラリス様は普通とは違った形態になるでしょうし、ごく稀《まれ》に呼ばれるかもしれません。一流メイドとしては稀にある事なので、今回の件でなれてしまえば良いのでは？」

「ゴクリっ」

「とりあえずこの後ダンジョンへ行くので……一緒に行きましょう。そして…………なんて言ってご主人様に寄りかかります。そして……」

「えっ、そんな事をしても」

「ええ、喜びます。くっ殺せと言えばなお良いでしょう」

「？　それは喜ばれる言葉なのですか？」

「はぁ、分かっておりませんね、特にクールなエルフがやる事で魅力が倍増するんですよ」

「……そうなのですね、勉強になります」

「よく分からないけれど、しなくていいわよ？」

そう言うとびくりとクラリスの体が跳ねる。ななみは私に気がついていたようで、おはようございますと返した。

「クラリス、ななみと少し話したい事があるんだけど……お話し中だったかしら？」

「いいえ、たいした内容……ではないので。そ、その。すこし外の空気を吸ってきます」

とクラリスは部屋を退室していく。あまり自分に聞かせたくない事だと察し、少し出てくれたのだろう。

「リュディ様、どうされました?」

「ちょっと幸助の事について、ね」

と私が言うと彼女はなるほどと呟いた。

「詳しくお聞かせ願えますか」

もちろん、そのつもりだった。だから私は自分の力不足である事を前置きしてから、彼の最終目標を尋ねた。

「幸助って、基本話さないじゃない? だからななみは何か知っているのかなと思って。ほらいつも幸助と二人で何か動いてたりするじゃない?」

それは私からすればうらやましい事だった。なんだか私以上にななみを信頼しているようで。

「なるほど。確かにそう見えるかもしれませんが、基本的にはリュディ様と同じです」

「同じ?」

「私も詳しくは知らないのです。知らないで同調し、言われた事を実行しているに過ぎません」

「え?」

思わず言葉を失う。うそでしょう、という言葉が頭の中でいっぱいになる。説明も無しにあんなに行動していたのか。

「言葉の通りです。単純にご主人様がそうして欲しそうだったので、しているだけに過ぎません」

そうなると、だ。

「そうだったの……どうしようかしら」

「どうしよう、とは？」

なんと言えば良いのかしら。

「どうしていいか分からなくなる事があるの。今は漠然と強くなって彼を助けたいとは思っているのだけれど。でも思ったように力が伸びないし、何か置いて行かれるようで」

ななみはなるほど、と頷《うなず》く。

「私から見ればリュディ様は置いて行かれていませんね。そのままの調子で良いのだと思います」

「いいのかしら？」

「ご主人様はいずれ私達に打ち明ける時が来るとおっしゃっておりました。さっさと吐けとは思いますが、吐かないのでいずれ必要になりそうな人や物を集めています。メイド隊やダークヒーロー部隊もスクール水着だってそうです」

「アレは半分ふざけてやっていたわけではないのね？」

幸助から聞いただけだからうろ覚えだけど、ピザ店バイトさんがいるらしいわね。その人は解放してあげた方が良いような？　というよりスクール水着って何かしら？

「まあちょっとふざけた事は認めますが、彼女らはしっかり裏で働いておりますよ。すべてはご主人様のために」

「そうだったのね」

「過去、メイド隊はレアアイテムをご主人様に献上した事があります。ただご主人様はそれ以上にすごいアイテムを軽く見つけてくるので……。さらに『メイド隊に使えるんじゃない？』なんてヤバイアイテムをさらっと渡してくる事があります。はぁ……」

私達に可能性の種をさらっと渡したような事をしたのだろう。

最後の大きなため息を見て思わず苦笑する。目的を考えると本末転倒みたいな事になってるようだ。

「幸助はダンジョンの隠し扉だったり、黄金の招き猫を使ったアイテム稼ぎもそうなんだけど……どこで誰が何を持っているか、何があるかをすべて把握しているようにも見えるのよね」

「私は知っている前提で過ごしています」

「やっぱり？」

「かなり強めにいけば詳しく吐いてくれるのではないかと思っておりますが、まあ必要になった時におっしゃってくれるでしょう」

「ずいぶんと信頼しているのね？」

「しかし、リュディ様もそうではありませんか」

「……そうね」

「案外普通に聞いてみるのも良いかもしれません」

「普通に聞く？」

「ええ、案外色々話してくれるかもしれません。それにご主人様は私にしか言えない事もあるでしょう。しかし同時にリュディ様にしか言えない事も必ずあります」

本当にあるのかしら。

「まあ一つしていた方が良さそうだと思う事は、自分を高める事ぐらいですね」

それはすでにしているのよね。


―瀧音《たきおと》視点―


トレーフル皇国と聞けば何を思い浮かべるか。

大抵の紳士淑女はエルフを思い浮かべるだろう。もちろん俺もそうだ。

皆大好きエルフを思い浮かべる。全世界で見てもエルフが嫌いな人は少ないだろう。

まあそれを抜きにすると、いくつかのダンジョンを思い浮かべるのではないかと思う。一周目では基本的に行けないから、忘れちゃいけないって思っているだけかもしれないが。

という事でだ。

「来たな、茨《いばら》の洞窟」

今回攻略する茨の洞窟は、基本的にトレーフル皇国に来ている時だけしか攻略に行けない期間限定のダンジョンである。まあ二周目以降はレベル上げやらエンドコンテンツのためか、ご都合主義全開になるためいつでも行けるようにする方法もあったりはするんだけど。

現実でも移動距離などの問題もあり、気軽に行こうと考えるのは難しいだろう。まあ授業を休めば行けるんだろうけど、授業何それ？　的な式部会以外の参加は難しい。だからこそ。

「今のうちに堪能しないとなぁ」

出来る事はすべてやっておかないといけない。

と俺の様子を見ていたななみは、ハンカチを目元に当て「良かったです」と呟《つぶや》く。ちなみに全く泣いていないのだが、ハンカチ要らないよね？

「私は安心です。ご主人様の手足が震えて止まりませんでしたからね」

「そんな禁断症状出てねえよ……」

まああながち間違いじゃないかもしれない。それぐらいダンジョンに行きたい気持ちはあったからな。それにいつもはかなりの頻度でダンジョン潜ってたし。

一般の学生達が週二、三ぐらいでダンジョンに行くとするなら、俺の場合は週五、六くらいでダンジョンへ行くもんな。まれに週七でダンジョンへ行く事もある。ダンジョンに行かないと落ち着かないし。もはや依存症を疑うレベルである。あれ禁断症状？

そして先輩も同じ病気に罹《かか》っている。彼女は風紀会副隊長という役職があるから、俺より行く頻度は少ない。それがなければ俺と同じぐらいダンジョンへ挑んでいたに違いない。

また色んなダンジョンに行きたいらしく、アマテラス女学園のダンジョンの話をしていた時なんか、本当に行きたそうにしていた。

チラリと先輩を見ると彼女は苦笑していた。

「まぁー雪音《ゆきね》さんと瀧音さんはこの国に来てから今が一番テンション上がってますしね。まさか瀧音さんがダンジョン近くにログハウスを準備するなんて思ってませんでしたよ」

そりゃ用意するよ。ダンジョン近くに拠点を置いた方が、行くのも帰るのも効率がいいじゃないか。ゲームのようにボタンポチーの移動が出来るのならば、そんなの要らないんだけど、実際はそうではないし。

　まあリュディの家族にお世話になり続けるってのも、申し訳ないという思いがあるんだけど。

「昨日はまるで遠足前の子供のような表情をしていたものね」

　とリュディは言う。どうやらクラリスさんも同じ意見らしい。

「私としてはちょっと複雑だけどね。トレーフル皇国には色々と観光スポットがあるから、そちらも楽しんでもらいたかったのだけれど」

「ははは、すまん」

　ちなみにラーメンを食べに行く事は決定している。観光名所よりラーメンが上に来るのはリュディらしくてなんだかほっこりする。観光名所も良いけどラーメンも良い。むしろラーメンが観光名所感ある。

　とそんなリュディの様子を見ていたななみが、これは危険ですねと呟いた。

「ご主人様、多分ですがリュディ様はこの頃一日に必要なご主人様を摂取できておりませんね。健康のために少なくとも二千ご主人様が必要だというのに……っ！」

「二千ご主人様って何だよ、俺は成人に必要なカロリーじゃねぇんだぞ」

「兎《と》も角《かく》必要なのです。ささ、まずは軽く服を脱ぎましょう！」

「なんか最近脱がせたがってる気がするの何でだ？」

　そういえば最近俺の尻が格付けに出てたような？

「良いですかご主人様。健康的な生活をするためには適度な運動としっかりとした食生活、そして睡眠が必要です」

俺の質問に答える気は無いんだな。まあいつも通りか。

「そうだな」

「特に食生活、これはバランスが重要です。カロリーだけ気にするのではなく、ビタミン類、タンパク質、ご主人様、鉄分、食物繊維などしっかりと考えられた食事が必須です」

「なんか並びにおかしい栄養素があったよね？　明らかに俺は不要だよね？」

「特にご主人様は重要ですね。これさえあれば他の物は一切取らなくても生活できます」

「自分の言った事を全否定したよね？　しっかりとした食生活、しよう！」

「ただしご主人様をあまり取り過ぎると依存してしまうので注意が必要です」

「もはやヤバイ薬じゃねーか！」

「はは、確かにそれはあるかもしれないな」

「先輩!?」

何冗談言ってるんですか。むしろ生命に必要な栄養素は先輩です。定期的に水守《みずもり》雪音成分を取らないと死んでしまう（真顔）。

「まあ冗談はおいておこう。それよりもダンジョンだな。見た目はなかなか危険そうだ」

先輩は周りを見渡しながらそう言った。

茨の洞窟は辺りが棘《とげ》の生えたツタに囲まれた洞窟を想像すれば良いだろうか。

ゲームではツタに棘が生えている描写がされていただけでそれ以上何かしらの会話はなく忘れ去ってしまう情報だった。しかし現実はツタに触れる事は控えた方が良さそうだった。

それは棘のせいである。女性の小指くらいありそうな大きい棘がツタから生えていたからだ。変に触れれば怪我《けが》をしそうだ。

「ほんっっと危ないですね。ツタのせいで足場も悪いし」

と結花《ゆいか》は近くの棘をポキリと折る。そしてぽいっと明後日の方向へ投げた。

「逆に敵を壁に押しつければ強そうだが、人型の生物ではあまり見たくは無いな」

と先輩も棘を見て同意する。確かに血だらけでR18になりそうだ。

「ただエルフにはあまり効果が無いかもしれませんね」

そう言うのはクラリスさんだった。

「そうね。こういった足場はなれているし、棘だって」

とリュディが壁に手を突き出すと、その棘はぐにゃりとまるで『U』の字のように曲がってしまった。

「え、何ですかそれ!?」

「魔力の当て方で棘を反らしているのよ」

　とリュディは近くの棘にまた手を伸ばす。するとその棘もぐにゃりと曲がり、痛くなさそうな所をリュディは触った。どうやら床のツタにも少しだけ干渉出来るようで、それは少しだけ動いた。

「すごいな」

　と俺は思わず言葉が出てしまった。

　実の所このダンジョンにはエルフ系のキャラの素早さや移動力が特別に上がるという効果があった。それはこの足場や壁が原因なのだろうと勝手に納得する。

　まあ他が動きにくくなって相対的にエルフが動きやすくなる、という事だからちょっとゲームとは違うんだけど。

　それから少し体を動かしてストレッチすると俺達は洞窟の先を見る。

「では進みましょう、ここは以前来た事があるので私が案内できます。お任せください！」

　そう言うのはクラリスさんだ。彼女はなぜかとてもやる気満々で、俺を見てにっこり笑っている。でも時たまななみをチラリと見るのはなんで？

「ふふ、何かあったらこのクラリスめにお任せください！　私が盾になりましょう」

　とまで言ってくれる。

　何でだろうと考えて、すぐに可能性の種の件に思い当たった。もしかしたらだが、借りがあるから今頑張ろうと思っているのだろうか。ありがたいけれど少し困る。

「あ、ここは俺に任せてください」

「はえ?」

とカワイイ声を上げるクラリスさん。

クラリスさんに案内してもらう事は確かに楽だし安全だと思う。しかしこのダンジョン茨の洞窟には『二周目以降でないと知る事が出来ない』隠しルートがある。

俺はそこに行きたかったのだ。

そして俺はもちろんその存在を知っているが、周りはそうではないであろう。

「こっちです」

初めは「文献で見た」茶番をする事も考えたが、ななみに相談した所「多分もうご主人様がおかしい事は理解されていますので、ママでも良いと愚考します」との事だった。

ので、茨の洞窟に隠し通路があるっぽいぞ、とソースも何も無しでごり押ししてみる事にした。

「ほらこの茨の壁、これ以上進めないように見えるよな? しかしここでとあるアイテムを使った後にだな……リュディ、そのツタを動かして壁際まで寄せてくれないか」

と俺がリュディに頼むと『そんなの無理に決まってるでしょう』なんて顔をしたが、彼女はやってくれた。

するとどうだろうか、先ほどのツタ以上に茨はにゅるにゅると動き出す。

そして最終的にその茨は壁際によっていき、完全に壁まで動くと一つの道を作った。

それを見た結花は。

「…………はぁーっ」

クソでかため息である。ちなみに、先輩は苦笑でクラリスさんは唖然《あぜん》だった。

そして何で知ってるんですかと詰め寄ってくるのはクラリスさんだけで、リュディがいつもの事だから気にしないのとたしなめるレベルである。俺を何だと思ってるんだ？

でもクラリスさんの言うとおりなんだよなぁ。

だってここはエルフの国なんだぞ？　何で他国にいる俺が知ってるんだよって話である。

「それで、ここには何があるんですか？」

結花は現れた道を見てそう言った。

「簡単に言うと有用なアイテム類だな」

ここでは様々な有用アイテムが入手出来るが、特にエルフに向けたアイテムや装備が多い。またこれから限界まで強くなりたいと考える人には、絶対にあった方が良いアイテムもあった。

簡単にダンジョンの説明をすると俺達は先へ進んで行く。

「なんですか、あれ？」

結花はそう言ってそれを見る。それは壁の茨についていた種のような物だった。それは地面に落ちるとにょきにょきとものの数秒で成長し一つの形を作った。

「木？　ではなさそうですね」

その見た目は……美女だった。

「エピヌトレントだ、気をつけろよ」

アイツは普通のトレントとは違う。

何が違うといえば見た目である。こじらせた変態紳士はアレがモンスターと分かっていても飛びついてしまいそうな美人だ。

「っ！」

そのトレントは一番前にいた先輩へ向かって、自分の腕、木の根っこのような物を振りかぶり、たたき付けるようにして攻撃した。先輩はその攻撃を見てすぐに気がついた。

「気をつけろ、そいつの枝には棘がある！」

エピヌトレントの一番の特徴はその棘だ。普通のトレントにはない物であり、攻撃力が高い。

また九割九分が女形であるが、一分男形が存在する。やっぱり棘があるんだろうな。

さて皆の動きを見て、足場というのはかなり重要である事をよくよく理解出来た。

特に結花が苦戦しているようだ。先輩は持ち前の身体能力で普通に戦っているように見えるが、あまり動きやすそうには見えない。俺の場合は移動をストールにする事で、多少動き辛《づら》さを緩和できるが、戦いにくいのは否めない。

そんな時に活躍してくれたのは、クラリスさんとリュディだった。

彼女はその足場なんてまるで意に介さず、果敢に前へと進む。そしてトレントが枝や根を彼女にたたき付けようとしてもそれを簡単に盾でいなした。

「クラリス！」

後ろから叫ぶのはリュディだ。彼女の声に反応したクラリスさんがスッと右に避けると、彼女の居た場所を魔法が通過していく。そしてそれはトレントに直撃した。

リュディの使った魔法は風の刃だった。大きくえぐられ、のけぞるトレントにクラリスさんは接近すると、かけ声と共にトレントを断ち切る。

「訓練で見てましたけど、やっぱりすごいですね」

と結花は感心した様子で言う。この足場なのに普段と変わらず動けているのは本当にすごいと思う。

結花の言葉に照れた様子のクラリスさん。

「ありがとうございます。しかし、これも瀧音様のおかげです」

そうは言われても。

「俺は何かした覚えがないんだけどな」

と言っていると不意にななみが何かに感づいたのか、弓を構える。

「皆様。ご歓談中の所申し訳ございませんが、次が来るようです」

そう言うななみの視線の先には種が落ちており、すでに成長を始めていた。

次に現れたのは少女の姿をしたモンスターだった。しかしそれは普通の少女ではない。

そいつには大きな丸太のような物を背負っており、その切り株からは木の枝がタコの足のように伸びているからだ。

「……ドライアドだ」

ドライアドはかわいらしい見た目ではあるが、マジエクでは結構な強キャラでもある。

それはあの触手のせいだ。

そいつはその切り株の枝を自由に操る事が出来、リーチが長い攻撃をしてくる。またその枝で攻撃を防御してくるのか、結構防御力が高い敵だった。

それにこの足場も相俟《ま》って戦いにくいであろう。

とはいえだ。

「ちょっと様子を見てきます」

クラリスさんには問題が無いようだ。彼女はドライアドに接近し、剣で切りつける。

「えっ⁉」

するとクラリスさんが動揺した様子で此方《こちら》に下がる。

攻撃を受けたそいつを見て思わずやべっと呟《つぶや》く。ドライアドが着ている服が急に消え、下着になったからだ。それはとても見覚えがある事象だった。

「あ、ヤバイ。『脱衣』スキルだ！」

「は？」

結花がしらけた目で此方を見る。いや、俺をそんな目で見ないでくれ。俺のせいじゃないんだ！

「……脱衣ですか？　何ですかそれ。瀧音さんの得意技ですか？」

「違う、せめてアネモーヌさんにしてくれ」

何だそれ？　と訝《いぶか》しげな視線を送ってくる皆。しかしもう遅い。なんでそんな事を知っているんだと言う目だ。仕方ない、解説しよう。

「だ、脱衣スキルは一部のモンスターしか持たないレアなスキルだ。ＨＰが一定以下になると服を脱いで全能力をアップさせる」

そう、『全』能力である。僕が考えた最強の技みたいな能力である。てか服を脱ぐ事で回避率が上がるのは千歩譲って分かるが、防御力が上がるのは未《いま》だに理解出来ない。

「っはぁーっ⁉　なんですかそれ、とんだ変態じゃないですか！」

マジでそれ。一体どんな気持ちでこのスキルを使ってるんだろうな。ってこっちを見るな、俺は変態ではない（真っ赤な嘘）。

「攻撃したら……見た目は兎《と》も角《かく》強くなるという事だな？」

俺は先輩の言葉に頷《うなず》く。

このスキルはＨＰ残量によってスキルの効果が変わってくる。ゲームでは五十％で半裸になり能力が少し上昇、三十％以下で全裸になり能力が大上昇だ。ちなみに『脱衣』を鍛えまくると五十％で全裸になる事が可能であり、より使いやすくなった。という事で中途半端に攻撃するのが一番駄目なのである。とあるエロゲで急に敵が全裸になった時はバグかと思った。

さて、どう説明すれば良いだろうか。

「脱げば脱ぐほど強くなるスキルなんだが。ええとですね、もう少しダメージを与えるとだな、解放感溢《あふ》れる姿になると言うか、生まれた時の姿と言うか、目の保養《毒》と言うか……非常に表現が難しくて」

「全部脱ぐのね？」

とリュディは俺がぼかしていた事をはっきりと言う。

「はい、その通りです。すみませんでした」

全く俺のせいではないのに、なぜか罪悪感がいっぱいで思わず謝ってしまう俺。土下座付きだ。

「しかしダメージを与えねば倒せないぞ」

先輩は下着姿の敵に薙刀《なぎなた》を向けながらそう言った。脱衣スキルを持つ敵と戦う時にどうすればいいのかを聞いているのだろう。

いくつか方法があるが、一番簡単なのは脱衣スキルが発動する前に倒しきってしまう事だ。脱衣スキルは強力だが、HPが一定以下にならなければ発動しない。

「単純にスキルが発動するHP以上のダメージを与えるのが一番楽ですね。ただスキルを発動してもそのまま押し切って倒してしまっても大丈夫です」

ちなみにであるが『脱衣』スキルはメインヒロインも習得可能である。しかし覚えるためにはとある雑誌の特典パッチが必要で、それの再販はしていない。

つまり入手困難である。これ割とよくあるんだよなぁ。エロゲ会社様。諸々《もろもろ》の事情は察していますが、全パッチセットを販売してください。数年経過したらでもいいですからなんとかお願いします。って俺もうあっちの世界に戻れないから出来ないんだけどね！

「ご主人様は変態ですね」

「何でだよ。俺のせいじゃないよ！」

「ちなみにですが私も存在を知っておりましたが、初めて見ますね」

「じゃあ解説してほしかったよ!!」

なんで私知りません顔してたの？

という事でだ。

「わ、私が行きましょう」

信じられないスキルに動揺しながらも、クラリスさんが前に出る。確かにこの足場ならクラリスさんや遠距離攻撃が適当であろう。

彼女は歪《いびつ》な足場を簡単に進み、敵に接近する。そして相手が伸ばしてきた木の根触手を盾で受け流すと、剣を振りかぶり一気に振り下ろした。

まあ、大丈夫だろうと思っていた。しかし、クラリスさんはポカをする事を失念していた。

確かに戦闘では基本ポカしないいし、見た事が無い。でもエロが関係してくる所では動揺して…………。

「幸助、背を向けていて」

「はい」

とリュディに言われたとおり背中を向ける。クラリスさんの攻撃は、一応当たったが浅かったため倒すには至らなかったのだ。

つまり全裸であり、強化である。

まあ木の根触手が風呂シーンの蒸気レベルで大切な所を隠していたから、全部見えなかったのだが。まあ俺の脳内CGと組み合わせれば再生は余裕であるが、それをすると攻略に支障をきたしそうなので……。

リュディやななみから放たれる攻撃を聞きながらふと思う。

そういえば『脱衣』スキルって『回避率』と敵の『クリティカル率』も上がるんだけど、案外こういう事かもしれない（小並感）。


それにしてもだ。何か大切な事を忘れているような気がするんだよなぁ……？


脱衣スキル、脱衣スキルねえ。

そういえば脱衣スキルってパッチ当てた後どうやって覚えるんだったか？　一度覚えたら後は覚えっぱなしだし、ＲＴＡでも脱衣スキルは基本使われないからな。

なんでＲＴＡで使われなくなったんだったっけ？

うーん……ちょっと思い出してきた。パッチが必要な時点でハードル高いし、スキル自体の入手が面倒で、スキル持ちを倒した時に数％の確率で覚え…………あれ？

まあまて。落ち着け、落ち着くんだ。

数％だぞ、そんなの引くような超幸運の持ち主、いやこの場合は超不運の持ち主なんて……結花ならあり得るかもしれない。

いやでもさ、まさか彼女がこんな所でそれを引くだなんて、そんなまさかだよね、ええ、そうですよね？　なんかアイヴィの記憶がよみがえってくる。

「よし。倒しましたよ！　あれ、なんか私の体が光っているような？」

そういえばだけど、スキルを入手した後は勝手にイベントが始まって、ダメージをうけていないのに服が消えるんだよな、あはははは。

そうそう、それでスキルの使い方を覚えるってイベントだったはず。あはははは！

なんか吐きそうなんだけど、あはははは。

チラリと結花の方を見る。そこには服が消失し始めた結花の姿があった。これはヤバイと視線を戻すが、服がほとんど消失しかけている結花の視線と俺の視線はしっかり交差した。

この後どうなるだろうかと想像する。

うん、とりあえず逃げよう。

「っっっきぃぃいいぃゃやあああああああああああ！」

◇

「とても凄《すさ》まじい激戦でしたね。つい先ほどのように思い出せます」

ななみはダンジョンの壁を見ながら、しみじみとそう呟いた。

「そりゃ思い出せますよね？　ついさっき戦ったばかりなんですから。ついでに思い出さないでください。一生」

すぐさまツッコミを入れたのは結花だった。少し顔が赤いのは仕方がない。

まあ、ななみの言うとおり色んな意味で凄まじい戦いだったであろう。脱衣スキル全開の触手枝を持つ敵と戦ったんだからな。放送禁止だろ。しかも結花がそのスキルを得てしまって阿鼻《あび》叫喚《きょうかん》だった。

「あんなのが再度出たら……その、対応に困るな」

そう言うのは先輩だ。その横を歩くクラリスさんも「そうですね」と頷く。普段だったらこれくらいでは全然疲れないであろうクラリスさんだが、今は目に見えて疲労困憊《ひろうこんぱい》である。

「まだ出るのかしら？」

「いや、滅多《めった》に出ないからあまり心配しなくて大丈夫だ」

必ず『脱衣』スキルを持っている敵や、承認欲求モンスターだらけの『あたシコダンジョン』という例外はあるが、基本的には持っていないと考えてよい。まあ俺含む紳士淑女の中には図鑑やCGコンプリートのために出るまで戦う人もいるが。

ちなみに男性系モンスターにも脱衣スキル持ちがいるのだが、倒した後に女性陣が意味深感想を言うイベントがある。また伊織も覚える事が出来る。普通にアウトだけど、エロゲだもんなぁ。

　とゲームの事を思い出していると、

「ご主人様、皆様、来ます」

　と、ななみが反応する。俺も敵の気配を察したため、すぐにストールを構える。

　それから何度か戦うも『脱衣』を持ったモンスターは現れなかった。そして二時間ほど探索した頃、ようやくお目当ての物にたどり着いた。

「ふむ……どうやら宝があるみたいだな」

　先輩の声でななみが動く。罠《わな》をチェックしているようだった。

「ふぅ。ご主人様が変態である事以外は問題なさそうですね」

「ななみさん、それは治らないのでそのままですね」

「あはは……」

　結花はななみのボケに同意しなくて良いんだぞ。そしてクラリスさん、この場では否定しない事は肯定だからね？

「幸助、とりあえず開けてみましょう」

　リュディの言葉に俺は頷く。罠がないのは分かっていたが、練習のためストールを動かしその箱を開けた。

　中に入っていたのは……。

「腕輪ですかね？」

結花の言うとおりそれは腕輪に見えた。そしてその先に付いている宝石を見て、俺が求めていた物であると確信する。

「木の枝の腕輪。そしてその先に緑色の宝石が付いたアイテムだな」

先輩はその見た目をそう称した。

このダンジョンではエルフ向けの武器、防具、装飾品、道具、色々と入手出来る。しかしその中で一番有用な物は何かと聞かれたら、自分はこれだと思っている。

「これはなんですか？」

「エルフ族の能力が上がりやすくなるアイテムだ」

結花は信じられないとばかりに目を大きく開いた。

「っはぁーっ！　そんな物あるんですか⁉」

それがあるんだ。ただ可能性の種と同じで、すぐに効果が現れる物ではなく努力が重要だ。しかし自身を強くする上で、非常に重要になる。

「ある。見た目は間違いない」

そう言いながらリュディを見ると彼女は「…………いいのかしら？」と驚きの声を上げる。

そもそもだがこれを装備できる知り合いは、リュディ以外だとアネモーヌさんかクラリスさんだ。

「クラリスさんは多分」

とクラリスさんを見ると、目を大きく開いて首がもげそうなほど首をぶんぶんと横に振っていた。俺も同じ立場なら遠慮していると思う。

まあ数があればクラリスさんやアネモーヌさんにも装備してもらいたいが、より危険にさらされるであろう可能性の高いリュディに装備してもらいたいのが俺の本音である。

二、三周目が出来るのなら、全員分用意できるんだけど。

「……ほらクラリスさんだってリュディにって言ってるぞ」

はぁ、とリュディはため息をつく。

「そうじゃないのよ、これを売りに出したら皆に沢山のお金が入るわよって事」

何だそんな事かと先輩は言う。

「気にしないでくれ、リュディ。私も結花もななみだって貰《もら》っている」

「雪音さんの言うとおりですよ、リュディさんの事はお金よりも重要です。まあ瀧音さんが頭イカれてるのは賛成ですけど、ここは貰ってください」

「おい、リュディは頭イカれてるなんて言ってないからな。何が賛成だよ」

「という事で話はまとまりましたね。ななみは至高のメイドです」

さっぱりまとまってません。

「ななみ上《うえ》言ってるんじゃない。まあいいや、とりあえず」

とリュディにその腕輪を渡す。

彼女がそれを腕に通して軽く宝石をなでながら魔力を通すと、その腕輪はぐぐっと動き、リュディの腕にぴったりと付いた。

腕輪をしたリュディは何かの違和感を覚えたのか、ちょっと良いかしらと断って魔法を何度か使用する。

「どうした？」

「なんて言うのかしら。違和感があるのよね。でも魔法の発動には邪魔になってないんだけど……？」

成長率が上がるためのアイテムで、自分の能力を上げてくれる物ではない。要するに最強キャラ育成用のアイテムである。

育成用だからこそ、逆に足を引っ張るような感覚になってしまうのだろうか？　それとも根本的に違うアイテムだったのか？

見た目は……えっと正直覚えてない。

「まー今の所影響ないんでしたら、もう少し使ってみたらどうですか？　何かあったら瀧音さんが責任を取ってくれますよ。ね、瀧音さん」

そう言って結花達は俺を見る。

「確かに、そうね」

何も言ってないのになぜかリュディは納得した。責任ってなんだよ。どういう責任だよ。

「ご主人様なら今すぐに責任を取ってくれるそうですよ」

「今すぐってどういう事だよ」

と俺がツッコミを入れるとリュディは笑った。

「ふふっ。なら大丈夫ね。さあ先へ進みましょう」

さらに俺達は奥へ潜り、次の宝を探す。

五章　邪神教の思惑

▶ » « CONFIG

Magical Explorer
Reincarnated as a Eroge Hero's Friend, I'll live freely with my Eroge knowledge.

さてトレーフル皇国に来てから幾日が経過しただろうか。

ダンジョン攻略を何日か続け、いくつかの欲しかったアイテムを集めつつ、レベリングもするというたまらない時間を過ごしている時だ。しかし俺達はそれを中断せねばならなかった。

それ以上に重要なイベントが俺達には存在していたから。

「その、今日はすみません」

そう、モジモジしながら言うのはリルちゃんである。あまりにも可愛くて隣で一緒にモジモジしたくなる。俺だけ通報されそう。

「良いんだよ、いつ来てくれたって」

そう言うのは先輩だ。先輩は子供が好きで面倒見が良いからリルちゃんとの相性は抜群だろうなぁ、と思っていたがそれは先輩だけではなかった。

「ふっ。よく、来たなっ……！」

そう言うのはななみだった。それをしらけた目で見る結花《ゆいか》。

「……なんでななみさんは強者感出してるんですか？」

「あ、ななみ師匠！　結花さん、えへへ、来ちゃいました！」

ななみや結花とも仲が良さそうだ。…………てか師匠って何？　俺の居ない所で何かしらが進んでいるんだけど？　まあリュディが笑ってるから大丈夫だと思うが、一応皇女様だからね。

と皆でおしゃべりをして本題に入る。今日はダンジョンに行かず。

「早速、ラーメンを食べに行きましょう！」

ラーメンを食べに行く日である。

「えへ、えへへへへ」

リュディはよっぽど楽しみだったのだろう。近年まれに見るレベルのキャラ崩壊だ。そこら辺を歩いていればラーメン店が見つかる和国とは違って、まだ皇国にはラーメン店が少ない。

結構な頻度でこっそりラーメンを食べに行っていたリュディが、最近は行けてなかったからな。こうなってしまうのは仕方ないかもしれない。

ただ皇国に来る前に大量のカップラーメンを準備している姿を見たような？

「お姉様、楽しみですね♪」

リルちゃんはちょっと壊れた姉に笑顔で寄り添う。

なぜリルちゃんが来る事になったのか。それはリュディがリルちゃんにラーメンの素晴らしさを力説したからである。

それが一体いかなる演説だったのかはその場に居なかったから分からない。リルちゃんは口を半開きにして目をキラキラさせていたらしい。正直見たかった。

という事で俺達は出かける事になったのだが、一つ問題が発生した。

「本当に結花達はラーメンじゃなくて良いのか？」

それはラーメン店が狭いという事である。流石《さすが》に七人は多いだろうという事で、リュディ、俺、リルちゃん、そして護衛のクラリスさんの四人が今日ラーメンを食べに、そして結花、ななみ、先輩が別の店に行く事になった。

「良いんですよ、私は他のも食べてみたいですし」

結花は手に持ったガイドを見せながらそう言った。ラーメン店には別の日に行くらしい。リュディも気に入ったらついて行きそうだな。いや間違いなく行く。

「ご主人様、私は心配です」

そう言うのはななみだ。別行動だからだろうか。

「大げさだなぁ」

「大げさではありません。何かあったらすぐに呼んでください。食べ終わったら参ります」

「心配してないよね、それ？」

普通に全部食べてるじゃん。

「よろしくお願いします、先輩」

と俺が言うと先輩は苦笑する。

「流石に皆大丈夫だとは思うが……」

まあルイージャ先生やアイヴィ、アネモーヌさん辺りが居ると何か起きそうな気もするが、今日は大丈夫だろう。それに何かあっても困るので、皇国の護衛がこっそり後ろを付いてきてくれるらしい。

それから俺達は別れそれぞれの店に向かう。

俺達は前もってリュディが調べていたし、クラリスさんが下見をしていたらしく簡単に目的地へ行く事が出来た。

見た目は日本によくあるラーメン店のような感じではなく、立派な切り株や木をふんだんに使ったエルフの店らしい店だった。非常におしゃれでありながら身近に自然を感じられる内装に、なんだかラーメン店に来た気がしない。

ここでどんなラーメンが出るのか非常に楽しみだ。

「リルちゃんはラーメンを食べた事がないんだよね？」

俺達は店に一つしかない四人がけのテーブルに座り、出された水を飲んで一息つくと、俺は斜め前に座ったリルちゃんに聞く。すると彼女は首を縦にふった。

「驚くわよ」

リルちゃんの隣に座ったリュディはバキバキの目でそう言う。うん、楽しみなのは分かるが、もう少しお嬢様の仮面を被った方が良いと思うのだが。

「ここは何が有名なんだ？」

と俺が尋ねると、隣に居たクラリスさんが答えてくれる。

「豚骨が有名ですね。味噌《みそ》豚骨と醤油《しょうゆ》豚骨が人気だそうですが、魚介系も美味《おい》しいと」

「どれもが美味しそうです……初めてならどの味がおすすめでしょうか？」

とリルちゃんは聞くもなかなか難しい問題だ。

「好き嫌いとかはあるの？」

「えっと、特にないです」

一瞬考えるそぶりをするも、すぐにそう答える。まあゲームで知ってるんだよなぁ。

「辛いものはまだ苦手ね」

「あっお姉様！」

なんで教えちゃうんですか！　子供っぽいって思われてしまいます、いいじゃないの、なんて二人で言い争う。ほんとね仲いい姉妹で心がポカポカするんじゃあ。

と、そんな時だった。

「……リュディヴィーヌ様、瀧音様《たきおと》」

かなり真剣な表情で俺達を呼ぶクラリスさん。彼女は俺達の端末に何かを送ってくる。いつかは起こるだろうと思っていたが、どうやら始まったらしい。

「お姉様……？」

「リル、ちょっと町で大きな事故があったようだから、ご飯を食べたらすぐに城に戻りましょう」

とリュディがリルちゃんに言うが、実は事故どころではない。

何ヶ所かで魔法を使ったテロが起きたらしい事が、クラリスさんのメッセージには書かれていた。とある場所が爆発、通行人のエルフを無差別に攻撃する輩《やから》、学校での立てこもり。

こんな事が同時に起こる事はあり得るだろうか？

「リュディヴィーヌ様。食事より何よりこの場を離れる方が良いかと存じます」

もしかしたら彼女達は自分達の事を思いだしているかもしれない。

「……そうね、名残惜しいけれどお金を置いて行きましょう」

それは彼女達と俺が初めて会った時だ。自分達がいるビルの隣にある飲食店が爆発し、辺りが混乱の最中に仲間の裏切りにあって大ピンチに陥っている。

そして今回も近い事が起こる。

俺は近づいてくる魔力に気がつき、立ち上がりながらストールを展開する。

ゴウン、と辺りに音がする。

それはリルちゃんに飛んできた炎の矢を防いだ音だった。

「え？」

俺は片手でリルちゃんの体を抱きながら、追撃の魔法を唱える敵の前に立つ。

「大丈夫だよ、リルちゃん」

今度は飛んできた風の刃を防ぐ。あのレベルの魔法だったら、いくらでも防げる。

クラリスさんとリュディの動きは速かった。すぐにリュディはストームハンマーを使い、入り口にいたリルちゃんを攻撃した奴らを外へ吹き飛ばした。

クラリスさんは警戒しながら外に出て剣を抜いた。リュディは魔法で二人を叩《たた》き飛ばしたから、少なくとも二人以上居る。すぐに加勢した方がいいだろう。

と、そこで俺は気がついた。

外だけではなく、まだここにもいるじゃないかと。

「リュディ、動くな」

店を飛び出して戦いに行こうとするのを止めさせ、空いている手でリュディの体を抱き寄せる。

そしてラーメンを食べに来ていた客を睨《にら》んだ。

「ちっ」

舌打ちをしながら彼は手に持っていた物を発動させた。

「陣刻魔石か。俺もお世話になってるよ」

陣刻魔石から現れたのは、先が鋭利になっている大きな岩だった。俺はそれが射出されるのと同時にその岩を第三の手で殴りつける。そして第四の手で半分に割れたその岩ごと、彼をぶん殴った。

「ありがとう。どうして気がついたの」

リュディが俺に問う。

「何でラーメン店の中で魔法が飛び交っているのに、冷静にこっちを見てるんだろうと思ってな」

まあ俺もリュディ達の事件の事を思い出していたからな。あの事件の時も同じように怪しい奴がいたんだよ。手口がちょっと似てるんだよな。

「流石にもうここには居なそうね。私はクラリスが心配だから外に出るわ。リルは任せていい？」

俺は頷《うなず》く。守るのは俺の得意分野だ。

「気をつけろよ」

「ええ」

そう言ってリュディは店を出て魔法を唱える。

俺がリルちゃんを見ると、彼女は俺の体をギュッと掴《つか》みながら、ぼうっと俺の事を見ていた。

「大丈夫かい、リルちゃん」

俺が声を掛けるとリルちゃんの体がびくりと反応する。

「俺がいるから安心して、こう見えても強いんだぜ」

恐《こわ》かったのだろう、リルちゃんは俺のお腹《なか》辺りに顔を埋めると、ギュッと抱きついてくる。俺はストールを展開し、何が来ても守れるように辺りを警戒する。しかしそれは結果的に意味がなかった。

クラリスさんとリュディが襲撃者を鎮圧するのに、時間はそう掛からなかったからだ。

◇

それから警備の兵士に後を任せ、俺達はななみ達と合流する。その後ソフィアさんに呼ばれ、リュディ達が住む城へと戻った。

そして城でリルちゃんと別れた俺達は、食べ損ねたご飯をこちらでとる事になった。

「ほんっっっっと美味しいですね」

と結花が口をほころばせながら言う。俺達が連絡を入れた時、結花達は一口食べたか食べていないかぐらいだったらしい。こっちの後処理もあるし、食べてからでいいぞと言ったのだが彼女達は食べずに来たそうだ。言ってる事と行動が伴っていないが、ななみらしいなと思ってしまった。

「それにしても、なんでこんな白昼堂々攻撃をしてきたのかしら？」

リュディは疑問を口にする。

「警備が薄いと思ったのでしょうか？」

とクラリスさんは言う。

ちなみに俺達の後ろに護衛がこっそり付いていたらしいが、そちらはそちらで怪しい奴を確保していたらしい。そしてそれに漏れた輩が俺達を襲った、と。

「でも相手もお粗末すぎませんかねぇ？　私ならこのチャンスにもっと人員を投入すると思うんですけど」

と結花は言う。

「別の目的があった、のだろうか」

と先輩はつけっぱなしのテレビに映っていたニュースを見ながら言う。幾人かのエルフ達が人質を取り銀行に立てこもったが、人質は無傷で逃げだし逮捕は時間の問題だと言っている。ちなみに俺達が襲われたニュースは報道されていない。放送されるのは時間の問題かもしれないが。

そんな様子を見ていた結花は「なーんか嫌な予感がしますよね」と呟《つぶや》く。

そしてじろりと俺を見る。

「おいおい、何で俺を見るんだ？」

「っはぁーっ。胸に手を当てて考えてみてくださいよ。いいですか？　最近の大きな事件だったりエロ……変なダンジョンだったりに関わっている人をあげてください。お兄ちゃんと瀧音さんじゃないですか」

「ははっ、そうだな」

と先輩も同意する。失礼な。探偵系の漫画よりはマシだと思う。

「人生のイベントをこの数ヶ月で全部消化しているレベルの濃さですからね。歩くトラブルメーカーだって自覚してくださいよ」

まあ自分からトラブルに頭突っ込んでいる感はあるから、当たり屋っぽさもあるかもしれん。

「それで今度は何をしたんですか？」

「何もしてないが」

ほんと俺は何もしてないんだよなぁ。しているのは邪神教なだけで。

としばらく流される色んなニュースを見ていると、部屋をノックされた。

そこに居たのは深刻そうな表情をしたソフィアさんだった。

「どうしたのお母様？」

その様子は最愛の娘に一秒でも早く会いたかったというわけではなさそうだった。少し焦っている様子だった。

彼女は逡巡《しゅんじゅん》したが、どうやら話す事にしたようだった。

「簡単に説明すると……いくつかの事件を発生させている間に、邪神教はエルフの宝を盗んだ事が発覚したの」

この場の空気が一瞬で重くなる。

「詳しい説明は今ここでは出来なくて……後でするからこのまま待っていてほしいの。邪神教が何を企《たくら》んでいるかがはっきりしていないから、城もできれば出ないでほしいんだけど……？」

「分かりました」

と俺達は頷く。

「食事後はゆっくり出来る場所に案内するから、食べたら入り口に居るメイドに声を掛けてね。リュディ、クラリスは此方《こちら》に来なさい」

とソフィアさんは娘とクラリスさんを連れて退室していった。

その後食事をさっと済ませ、エルフのメイドさん、そして兵士に連れてこられたのは、客間のような場所だった。

俺達が部屋の中に入ると何かございましたらお声がけくださいませ、とメイドは退室していく。

さて、どう行動するかなと考えていると、腕を組みながら片方の手を口元に当て、何かを考え込んでいる結花が目に入った。

「どうした、結花？」

「……あー瀧音さん？」

と結花は俺の言葉に一瞬遅れて反応する。

「そのですね、いくつか疑問があるんですよ」

「疑問？」

「エルフの宝が盗まれて、なんで私達が呼ばれるかを考えるじゃないですか。まあ第一は疑われている可能性ですね？」

「そうだな」

どんなにリュディと仲が良いのだとしても、彼女の家族からすれば城の中に入り込んでいた部外者である。

「でも私達をこうやってある程度好きにさせている以上、疑ってる感じはありませんよね」

「結花様のおっしゃる通りですね。もし疑っているのならば、逃げる可能性もあるのに城へ来てほしいとメッセージをわざわざ送らないでしょう。私ならば兵士をさっさと送り込み確保します」

そうだよな。それに今こんな良い部屋に入れられる事もないだろうし、最悪牢《ろう》に入れられてるかもしれない。

「ならなんで私達を呼んだんですかね？」

それが結花の疑問なのだろう。

「簡単に考えるなら……邪神教が関わっているなら、私達にも危険が迫っている、とかだろうな」

と先輩は言う。まあ普通に考えればそういった考えになるだろう。

「雪音《ゆきね》さん。私はですね、なんとなくですけどそうではないんだと思うんですよ」

結花の言うとおりだ。それに俺達に危険が迫っているなら、俺達がここに来るまでの護衛を増やそうと考えるのではないだろうか。送迎してくれた人に兵士はいたがあまりにも少なすぎる。

「まず前提としてですよ。このメンバーで邪神教が狙う価値があるのはリュディさんと瀧音さんぐらいですよね？」

俺を入れるのは止めてほしいけど立場を考えたらそうなるだろう。現時点ではあっちも結花の正体を知らないし。

「それで、もし私がリュディさんや瀧音さんを狙うなら『国宝を奪うのと同時に襲う』か、もしくは『国宝を奪う前に襲う』と思うからです」

「私もそうしますね。何かを起こせば警戒を強められるのは相手も理解しているでしょう」

ななみが相づちを打つ。

「狡猾《こうかつ》な邪神教信者がそれを理解していないわけがありません。そしてもちろんリュディさんの御家族もリュディさんの危険度は低いと理解していると思います」

「ふむ。とはいえ、だ。狙われる可能性もゼロではないのではないだろうか？」

「雪音さんの言うとおりだと思います。だから私達を呼び出したんですけど、それだけなら護衛を此方に何人か向かわせて合流した後に城に来れば良いのでは？」

先輩は頷く。

「さらに私達に説明がほとんどなくここに押し込まれたような感じじゃないですか。後で話すって何ですか、まるで関わってほしくなさそうな感じがプンプンしますね」

「まあ私達は学生だからというのもあるだろうが」

「もちろん私達を守るためという事に納得は出来るんですけど、それだったらここに兵士を置くなど守りを強化すると思うんですよ。それに護衛対象になり得るリュディさん、瀧音さんをセットにして守ると思います」

結花、お前探偵に向いているんじゃねぇの？

「だからそれとは別の理由がありそうな気がするんですよね、例えばその国宝が色んな意味でとてもヤバイものだったとか」

「此方の国宝になるほどの物ならたいそうな物である事は間違いないでしょう」

「あとは、ほらリュディさんは正義感が強いじゃないですか。それに自分の使命とか立場とかをしっかり理解していて、自ら行動できる意志力もある」

「そうだな」

リュディはラーメン大好きでちょっとポンコツに見られがちな日常を過ごす事があるが、歴《れっき》とした皇族でありその名に恥じない高潔な女性である。

「私はワンチャン、リュディさんを止めるために呼んだんじゃないかって思うんですよね。まあ考えた所で答えが出るわけでもないんですけど」

「そうだな……もし答えを知りたいなら、説明を待つしかない」

ゲームと同じ展開になるならばもう少しすれば説明をしに来るだろう。

リュディではなくソフィアさんが。

―リュディ視点―


滅多《めった》に見ないぐらい深刻そうな顔をしている母に連れられて来たのは、お父様達がよく過ごす、リビングのような部屋だった。

そこにはお父様と数人の護衛がいた。そしてその護衛達は父が最も信頼する護衛であり、皇国でトップクラスの強さを持つ実力者だった。

リルはおらず、私、お母様、お父様、クラリス、そして信頼の置ける護衛。嫌な予感しかしなかった。

勿論《もちろん》その予感は当たっていた。

「リュディ、無事で良かった」

「ええ、あれくらいじゃなんて事ないわ。それにしてもどうしたのお父様。そんな険しい顔をして」

と私が言うとお父様は小さく息をつく。とりあえず座りなさいと促されたため、私は着席する。クラリスは横に立った。

「まだ、裏切り者がいたのだ」

私が着席するのを見計らって、父はそう言った。

「え？」

「リュディが襲われた事件の後に、膿《うみ》をすべて出しきったつもりだった。しかしまだ残っていたのだ」

「それは邪神教、よね？」

お父様は沈痛な面持ちでそう言った。

「ああ。邪神教だ」

「一体何があったの？」

「私達は相手の描いた通りに動いてしまったの。順を追って説明するわ」

とお母様が話を引き継ぐ。

「まず、いま皇国各地で様々な事件が同時に起きている事は知っているわね？」

「先ほど、テレビで拝見しました」

とクラリスが言う。それに私達も。

「お父様達も聞いていると思うけれど、私達も襲われたの。リルも幸助《こうすけ》がいなかったら危なかった」

私がそう言うとお母様は頷《うなず》く。

「話は聞いてる、リルからもしっかり聞いた。後で幸助君にはお礼を言わないとね」

「そう、だな。リルは無事ではあったが少し疲れているようだった。恐《こわ》かったろうに。今は護衛を付けて休ませている」

後でリルの様子を見に行ってあげよう。

「リルの事は分かったわ。話の続きをお願い」

と私が言うとお母様は「少し内容が逸《そ》れたわね」と続きを話し始める。

「様々な事件が起きるうちに、手が足りなくなってね、城の兵士達も対応に追われるようになったの」

「そうなのね」

「そしてその警備が甘くなった所で、泥棒が入ったの……」

お母様がそう言うと今度はお父様が言葉を引き継ぐ。

「絵画や魔具なんかが盗まれるだけならば、皇国と皇族が馬鹿にされるだけでよかった。盗まれた物が物だったのだ」

「それってなにかしら？」

「鍵だ」

「鍵？」

「聖域を進むために必要な鍵だ」

「っ！」

思わず言葉を発せなくなる。エルフの聖域は危険なアイテムだったり邪悪なモノを封じている禁忌の場所だ。

エルフの国に住むものはその存在を知っているはずだ。小さな頃から悪い子が聞かせられる話だから。しかし聖域に行くためにはとても厳しい条件がある。

「聖域に行けるのは皇族とその周りの数名だけなのでは？」

「皇族の血が途絶えた時用の鍵なのだ。その鍵の秘密は私とソフィア、そして一部の信頼しているエルフにだけ伝えていたはずだった」

信頼している、ね。その中に裏切り者がいたのなら、お父様のショックは大きいはず。

それにしても邪神教は何で盗んだの？　その聖域には危険なアイテムやあの邪悪なエルフが……もしかして。

「まさか、アークエルフを復活させる気!?」

「間違いないでしょうね」

とお母様は頷く。もしその封印を解かれたら……皇国と法国が危ない。邪神教は皇国と法国を壊そうとしている？

「急いで鍵を取り戻さないと！」

「そうだな。しかしもう時間がかなり経過している。用意周到な奴らだ、彼らは聖域の中を進んでいるだろう」

「色んな事件が起きたのはさっきじゃない。まだそんなに時間はたっていないんじゃないの？」

私達が襲われてから何時間も経過していない。同時刻に盗まれたのだとしたらそれから聖域への突入準備をする事を考えると、そう時間は経過していないように思う。

「どうやら幾つもの部隊を待機させていたらしくてな、聖域に突入する部隊に渡してすぐに突入したのだ。そして残った邪神教信者は時間稼ぎのためか私達に戦いを挑んだ」

「完全に鎮圧したのはリュディ達が到着する少し前よ」

とお母様は補足する。そして小さく息をつくと続けて話し始めた。

「それにリュディも知っているでしょう。聖域には手強《てごわ》いモンスターがいます。準備もせずに行けるほど甘い場所ではありません」

「……捕まえた邪神教信者から情報は得られたのですか？」

クラリスの問いにお母様は首を横に振る。

「話していて分かったけれど、邪神教は仲間を使い捨てているわ。そんな人に詳しい話を聞いても話さないのではなく、本当に知らないの。だからこれ以上話を聞いても無駄と判断してるわ」

一応聞き込みはしている、とお父様は補足する。

「そんな……」

「邪神教は時間がたてば部隊が編成される事も分かっているはずだ。実際今している」

お父様はチラリと前に居る護衛を見る。彼は真剣な表情で頷いた。

「リュディよ。トレーフル皇国が邪神教に狙われているのは知っているな？　特にお前が狙われていた一番の理由は、殺した後にお前の死体や血を利用して聖域に入るためだったようだ」

納得した。

「なら私を狙う必要は」

「大きな目標ではなくなっただろう、とはいえ目障りである事に変わりはない。まあそれはいいのだ。問題は封印されたアークエルフやアイテムだ。特にアークエルフの封印を解かれたら……それと対になる力をもつハイエルフでもないと再度封印はできない」

ハイエルフの力なんて……そうなると封印を解かれる前に邪神教の信者を倒さないと。でも聖域に行く事が出来るのは……。

「私達エルフの皇族だけ」

「私以外の、ね」

と母は否定する。母は嫁に入った立場なので皇族の血を引いているわけではない。だから。

「お父様と私、そしてリル」

後は嫁いでしまわれたが、お姉様もだ。

「我らはなんとしてでも邪神教の企《たくら》みを阻止しなければならない」

そうなると誰かが少しの部隊を連れて聖域に行かなければならない。

でもリルは幼い。ガチガチの護衛を付けて進めば、行く事は可能かもしれないが、誰がどうしておびえるリルを連れて行けるというのか。

そしてお父様は今居なくてはならない人物だ。物資を集め部隊を整え等をすると明日になる可能性がある。しかしすぐにでも行かないと邪神教に色々奪われる事が考えられる。

「私が行くわ」

私が行くべきだ。最悪死んでしまってもお父様ほど影響があるわけではない。

「貴方《あなた》なら…………そう言うと思ったわ」

嬉《うれ》しそうだけれど、少し悲しそうな顔をするお母様。

「母は貴方の成長を非常に嬉しく思います、本当に。これもツクヨミ魔法学園やお友達のおかげでしょう」

話している母を見ていると不意に後ろから声を掛けられた。

「失礼いたしますね、お嬢様」

ふと見れば先ほど居た護衛の一人が私の体を摑《つか》む。私はすぐに察した。

「貴方達なんですか止めなさい、失礼ですよ」

すぐにでも振りほどき、この場から出なければならない。そう思った。だってお母様は私が行く事を……。

「クラリスっ！」

私が叫ぶも、クラリスは動けなかった。クラリスの前にはお母様が立っていたから。そもそもクラリスを雇っているのは、お母様だ。

「しかしだからといって貴方達娘を危険にさらしたいと思う親がどこに居ると思いますか？」

止めようとしているのだから。

「エルフの宝が聖域にあるかもしれない。だが、私の宝は家族だ。リル、リュディ、ソフィアなのだ」

お父様は私の前に来てじっと顔を見る。

「私はお前達の誰かを失いでもしたら生きていける気がしない」

「あなた………私も同じよ」

そう言ってお母様はお父様の手をギュッと握った。

「娘らに行かせられるわけがない、だから私が行く」

お父様はお母様の手を優しく剝《は》がすと私に背を向ける。

「何かあったらソフィアとリルを頼んだぞ。連れて行け」

お母様は覚悟を決めているお父様の立派な背中を見て、今にも泣きだしそうな顔をしていた。そしてやがて顔を背ける。

そして私は護衛に連れ出され自室に入れられた。私が逃げ出さないように、幾人かの護衛を配置しているようだ。

「私はどうすればいいのかしら」

……少し頭を冷やして考えてみましょうか。とベッドに座り大きく深呼吸した。

私がとれる選択肢はいくつかある。

一番簡単なのはこのまま待つ事だ。私が何かしらも手を出す事をせず、お父様に任せる。そして事件が解決するのを待つ。

でもそれは悪手であると私は思う。

まずお父様だ。お父様に今何かあっては困る。彼こそ皇国に必要な人だ。事件続きで皇国民が不安になっている今、矢面に立って政治をしなければならない。

そして失ってはいけない人だ。お父様は魔法は得意だが、だからといって戦闘が得意なわけではない。

それだけではなく、いくらでもお父様が必要な理由を見つけ出せる。絶対に失ってはいけない。

それに時間も問題だ。邪神教の目的ははっきりしているし、それを防ぐなら一刻を争う。今すぐに行動しなければならない。

それにこのままだと、アークエルフは復活してしまう。

「アークエルフは、この国に恨みを持っているはず」

彼が復活してしまうと無差別に国民を殺してもおかしくない。国民だけでなく、リルやお母様やお父様だって……。

頭を横に振って嫌な想像を吹き飛ばす。そして。

「絶対にそうなってはいけない。その前に私がなんとかしたい」

しかし問題がある。どうやって聖域を進むのか、だ。

聖域には邪神教の信者が居るだけではない。強いモンスターが大量に発生している。そもそもだけれど、邪神教信者に追いつく事が出来るかも疑問だ。

だからどうしても共に戦ってくれる仲間が必要だった。少なくとも信頼できてクラリスぐらいの強さを持つ誰かが数人。

命を懸けてくれる仲間が。でも私にそんな仲間なんているのかしら。

どうしていいのか分からない。椅子に力なく座って私は脱力する。頭に浮かぶのは守りたい者達。国民、そしてお母様、リル、お父様。

私はどうすればいいの。

不意に一人の男性が頭に浮かぶ。どんな不利な状況でも諦めず、劣勢をひっくり返した彼。

彼ならなんて事はないと、私と一緒に来てくれるのかしら？　私に命を貸してくれるのかしら？

「幸助……っ」

彼の名を呼ぶ。彼の事を考える。

信頼できる護衛だと思っていた奴に裏切られた時も、自分より格上のオーガに襲われた時も、彼は来てくれた。

彼に頼もう。彼なら頼めば来てくれるはず。

とそんな時だった、不意にガチャガチャと音が鳴りドアが開いたのは。

「よ、リュディ」

何事もなかったかのように、彼は来た。

―瀧音視点―

リュディが連れて行かれたのち、リュディの母、ソフィアさんから説明された限りだと。

「聖域に邪神に関するアイテムがあるという事ですね？　そしてその聖域に入るためのアイテムが、盗まれた宝。そして聖域に入るためには鍵か皇族でないと無理である」

「そうです」

そして時間が経過すればするほど、邪神教にそのアイテムを取られてしまう可能性がある、と。そして国民も危険になる可能性がある、と。しかし聖域には手強いモンスターが出るから、陛下はしっかり準備してからじゃないと行けないと。

「……リュディはどうしたんですか？」

「あの子は自分が行くと言い出す予想をしていたので……」

と言葉を濁した。まあ軟禁しているなんて言えないか。とりあえず同調しておこう。

「そうですか、心配ですもんね。心中お察しします」

「ありがとう。そしてごめんなさいね、こんな事に巻き込んでしまって」

「ソフィアさんのせいではありませんから、お顔をお上げください」

と先輩は頭を下げたソフィアさんにそう言った。

結局俺達が呼ばれた理由は、リュディが暴走して聖域に行く可能性があるから、とりあえず軟禁。そしてもしかしたら俺達に邪神教が危害を加えに来る可能性もゼロではないから一緒に城で守っちゃおう、との事だった。

「不便だろうけどもう少しこの城に居てほしいの」

ソフィアさんは本当に申し訳なさそうだ。

「不便だなんて、これ以上快適で素敵な場所を知りませんよ。お料理も美味《おい》しいですし」

と結花は言う。

「ありがとう、そう言ってくれると心が軽くなるわ」

「リュディは部屋にいるんですか？」

「ええ」

「気落ちしていないか心配ですね、俺達が何か声を掛けられればいいんですが」

とリュディに会って話せないかを遠回しに言ってみる。

「あの子なら大丈夫だわ、私も居るし、クラリスや護衛の兵がいるから」

しかしそれはやんわりと断られた。

「そうですか、心配ですけどソフィアさんがいるなら大丈夫ですね」

彼女は頷《うなず》いた。

ソフィアさんは色々しなければならない事があるらしく、話が終わるとすぐに退室していった。

ドアが閉まって少しすると、結花は俺を見る。

「どうすればここまでトラブルと関われるんですかね？」

と言いながら自分の飲んでいた紅茶を飲み干す。

「私は瀧音と一緒に居て退屈しなくて良いと思っているよ」

そう言う先輩は立ち上がって肩を軽く回す。

「さすが先輩。おい結花、先輩の話を聞いたか？　考え方が子供なんだよ」

「そうですね、ご主人様と一緒に居ると退屈しません。ショーツを捧《ささ》げたり、スケスケになったりしますからね」

「申し訳ございませんでした」

そっちは思い出さないでいただきたい。

「まあ冗談は置いておきまして、どうするんですか？」

結花、そんなの話さなくても俺を見れば分かるだろう。それに結花だって。

「そう言ってる結花はもう動く準備をしているじゃないか」

「そうですねぇ。聞くまでもありませんでした。雪音さんはどう思います？」

結花にそう言われた先輩は苦笑しながら「うーむ」と困ったような声を上げる。

「正直な話をすると、私は皆に危険な行動を取ってほしくはない」

そう言って薙刀《なぎなた》を出して、状態を確認していた。またななみが収納袋から出した食料などのチェックも同時に行っている。まったく。

「先輩って自分の事を棚に上げて話しますよね？」

自分は危険でも仲間のためなら飛び出しちゃうくせに。まぁそんなとこも好きなんだがな、がはは。

「瀧音にだけは言われたくない言葉だな」

そう言って先輩は笑う。そして結花はそれに同意するかのようにうんうん頷いた。

「確かにそうですね。誰の時でも飛び出しちゃいます」

「まぁまぁ、皆様ご主人様をいじるのはそろそろおやめください。ご主人様はＨＥＮＴＡＩ。それで良いではありませんか。それよりも早急に行動した方が良いかと」

「一番俺をいじってるのは、ななみなんだよなぁ」

まあそんな事はどうでも良いか。すでに邪神教信者は聖域に侵入しているはずだから行動しないと。

「とりあえずリュディに合流だな。そしてリュディがどうしたいかを聞く」

「そうですね。リュディさん次第ではありますね」

「それでもしリュディが聖域に行くならば、もちろん俺は行こうと思う、皆はどうする」

「まーそんなの聞かなくても分かってますよね？」

「リュディはもはや家族のようなものだからな」

「リュディ様に何かあると私の計画がおじゃんになってしまいます」

そうだな、俺達全員同じ事を考えてる。ななみの計画は知らん。

「とりあえずリュディの所に行こう。部屋と言っていたな？」

「ふむ、そうなると問題は警備だ」

先輩は頷く。

城の兵士達はリュディを守るために張っているはずだ。俺達はそれをくぐり抜けて会いに行かなければならない。

「そうですね、どうします？　眠っていただきますか？」

　と結花は普通に考えたら物騒な提案をする。まあゲームではそうやって進むんだけど。

「一応ではありますが私達は客人となっているはずです。多少の事があっても注意で済むはずですが、流石《さすが》にまずいかと。床に接吻《せっぷん》してもらいましょう」

「ななみは言葉を変えてただけで、言っている事は結花と変わらないんだよな」

「それは最終手段にしよう。一番の目標はリュディの部屋に行く事だからな」

　先輩の言葉に結花は頷く。

「リュディさんと合流後も考えないといけないですよね。リュディさんが秘密の脱出ルートを知っていたりしませんかね？」

　結花はそう言ってため息をつく。実の所リュディは知ってるんだよなぁ。ついでに俺も知っている。まあ俺から言うのは最終手段という事で。

「ふむ。合流してからリュディに聞いた方が良いように感じるな。私達はこの城の事を知らなすぎる」

「やっぱ。そうなると問題はどうやってリュディさんの所に行くか、ですね？」

　まあ普通に考えて眠っていて貰うのが無難だ。ゲームでも戦闘だったし。俺はそれを提案しようとした時に、ななみが「そういえば」と話し始める。

「ご主人様、結花様。放屁《ほうひ》魔法はいかがでしょうか？」

「封印されし記憶を掘り起こさないでください！」

放屁魔法といえばエネルギー革命の……っておい止めろ結花。俺の首を絞めるな。元凶であるダンジョンをなんとかしてくれ。

「結花様、これはふざけているのではなく、相手の気を散らすためには非常に有効だと思うのです」

そう言ってななみは俺の体を押さえつける。おいななみ、結花を押さえろ。なんで俺を押さえるんだ、それに大きいのが当たってるぞ！　でもこのまま意識が落ちてもなんか本望かも。

「まあまあ結花。落ち着くんだ」

と先輩が二人を引き剝《は》がす。助かった。

「確かに気を引く事は出来るかもしれないが、ごっそり魔力を持って行かれるのは頂けないな。最終手段として使うのは有りだが」

「気をそらす、か」

先輩は俺達を見て呟《つぶや》く。

「最終的に誰か一人がリュディのもとに着けば、なんとかなると私は思うのだ。こういうのはどうだろう」

先輩は一つの案を話し出した。

◇

「なんですかね。なんか楽しくなってきました」

と俺達は豪華な絨毯《じゅうたん》が敷かれた廊下を足早に歩いて行く。

まあ結花の気持ちも分からんではない。軟禁されたエルフの姫様を助けに行くだなんて、心躍るに決まってるんだよなぁ。でも楽しむ事は出来ない。

「一応邪神教が関わっているんだからな？」

「分かってますよ」

「ご主人様、誰か来ます」

「じゃあ私が行ってきますね」

と結花はわざとその誰かの前に行く。どうやらそれは城のメイドだったらしい。

「トイレに行こうとしていたんですけど、道に迷ってしまいましてぇ」

と結花が城のメイドの気を引いている間に俺達は先へ進む。

さて、先輩が考えた作戦は『無知のふりして兵士達の足止めをし、誰か一人をリュディの部屋に送り込もう』である。すでに先輩は幾人かの気を引くために、離脱している。

そして驚いた事に。

「なんで成功するかなぁ？」

正直無理だと思っていた。問答無用の拳が炸裂《さくれつ》しないと無理だと思っていたが、なんでかうまくいっている。

おかげでかなりリュディの部屋に近づいた。

「いくつか予想は出来ますが……運が良かった可能性も否定できません」

「それだったらある意味一番良いんだけどな」

ゲームとか漫画じゃない限り、こんなの無理だろと思うんだが。

「もうすぐという所ですが、どうやら行かなければならないようです。上にでも張り付いていてください」

と今度はななみが前に出る。簡単に張り付いていろだなんて言うが、俺は蜘蛛《くも》男じゃねえんだぞ。まあストールを使えば出来るんだけど。

とストールを伸ばし、天井に張り付く。

そしてななみが兵士を移動させるのを見計らって、俺は降りて先へ進んでいく。

ほんと、できすぎてるよな。

ゲームではリュディと合流して城を抜け出し、すぐに聖域へ行く。その際にエルフの騎士と何戦か戦闘をこなす必要があった。

もちろんそうなる事を覚悟していたが、実際はない。でも。

「最後の扉は、クラリスさんか」

視界に入った女性を見て思わずため息が漏れる。リュディの部屋の前には誰かしらが居るだろうと思っていた。しかしクラリスさんか。

クラリスさんはゲームには登場しない。その点だけで言えばイレギュラーのキャラだ。どう行動するのか予想が付かないのだが、彼女の雇い主を考えたらリュディ寄りの考えではない。

「何をしていらっしゃるんですか、瀧音様」

クラリスさんは俺の名前を呼ぶ。

「気配を消してたつもりなんですけどね」

俺はそう言いながらクラリスさんの前に進んでいく。するとどうした事だろうか、彼女はちょっと驚いていた。

俺が驚いていたからだろう、彼女はすみません、と謝った。

「いえ、その。いつか来るだろうなと思って練習を兼ねて瀧音様の事を呼んでいたのです」

え？　呼んでた？

「瀧音様のそんな顔を見るのは初めてかもしれません」

多分相当呆《ほう》けた顔をしていると思う。

「………変な人だと思われるんじゃないですか」

「思われているかもしれませんね、それよりも」

そう言って彼女は自分の後ろ、リュディがいる部屋を見ると、俺が入りやすいようにドアの前から数歩離れた。

「ええと、罠《わな》とかじゃないですよね」

「残念ながら。これが戦闘訓練でしたらいくらでも嵌《は》めるのですが」

そう言って彼女は早く中へ行けと俺を促した。


部屋の中にいたリュディは落ち込んでいるかもしれないと思っていた。

それはゲームでは落ち込んでいたからだ。したい事、自分が出来る事、そして現実問題無理である事、誰にも相談できずにどうしていいのか分からず、悩み泣きそうになっていたのだ。

「よ、リュディ」

しかし彼女は凛《りん》としていた。

今思えばだが、リュディは元から強かった。

「軟禁されてるって聞いたから飛んできたんだが、元気そうだな」

「ねえ幸助」

「どうした？」

「誰かからこの国の現状を聞いたりするかしら？」

「ソフィアさんが教えてくれたよ。それもほとんど包み隠さず」

「……そう」

リュディは自分のお腹《なか》にある空気をすべて吐くかのように、大きく息をつく。そして。

「私は、行こうと思うの」

そう言った。

「馬鹿な考えだって分かっているわ、止められる事も分かっていたの。でもほっておけないの」

「そうか」

俺がそう言うとリュディは俺を見て、意を決したように話し始める。

「ねえ、幸助。お願いがあるの」

「いいぞ」

俺の言葉を聞いて小さく息をつく。そして嬉《うれ》しいようなちょっと申し訳ないような、それでいてどこか泣き出しそうな複雑な表情を浮かべた。

「また貴方《あなた》ったら……」

「当然だろ。俺は何があってもリュディの味方だからな」

いや、俺達か。と言葉を足す。

「ありがと」

◇

城を抜け出す事はそれほど難しい事ではない。リュディと話した限りではそういう結論に至った。聖域に行くためにはいくつかの道があるのだが、城の近くから直通で行ける場所があるらしい。しかしそこに入る事が出来るのが皇族だけで、一般兵士は中に入れない。

とりあえず皆と合流してそこへ行こうという話になった時、立ちはだかったのは。

「クラリス、そこをどいて」

クラリスさんだった。彼女は俺達が部屋を出ると行く手を阻むかのように立ちはだかる。それも何も言わずに。

「聞こえているの？」

いつ他の兵士が来るか分からない。そんな状況でリュディは少し焦っていたのだと思う。少ししてクラリスさんは口を開いた。

「リュディヴィーヌ様は何をされるおつもりですか？」

それは問いかけだった。

「分かっているでしょう、このままだと皇国は大変な事になるわ」

　クラリスさんが現在の状況を理解していないわけがなかった。

　しかし彼女はリュディのメイドでありながら、騎士でもあった。果たして騎士が守るべき対象の彼女が危険を顧みない事をよしとするだろうか？

「いらっしゃるのですか？」

「ええ。誰になんと言われようと」

「死んでしまう可能性だってございます。リュディヴィーヌ様は何度自分が危機に陥ったか覚えていますか？」

「覚えているわ」

「同じ組織である邪神教の信者がそこにはいます。それに聖域という場所は皇国でもかなり強いモンスターが住み着いていると言われています。それでも、あなた様はいらっしゃるのですか」

　クラリスさんは問う。

「行くわ」

「マルク様、ソフィア様がどれだけ貴方を思っているかを考えた事がありますか？」

「分かっているつもりよ」

「それでもいらっしゃるおつもりなのですね？」

リュディの目はもう前しか向いていない。

リュディの目とクラリスさんの目が交差する。二人は言葉を交わさずじっと見つめあっていた。それには異様な緊張感があった。

魔力や殺気を飛ばしているわけではない。二人の真剣な思いがぶつかり合っていた。

最悪、戦闘になるかもしれないなとストールに魔力を込める。しかしそれは不要だった。

「瀧音様、大丈夫です。魔力を落ち着かせてください」

とクラリスさんは言った。

「リュディヴィーヌ様、正直に言うと私は行ってほしくありません。あなたに傷ついてほしくありません」

「……………分かってるわ」

「しかしそれと同時に私はあなたのその意見を尊重したいとも思っています」

「え？」

「本当に強くなられましたね」

そう言って少し顔をほころばせるクラリスさん。

「クラリス……」

クラリスさんの所に近寄ろうとするリュディだったが、クラリスさんは手を正面に向けて待ったを掛ける。

「しかしです。リュディヴィーヌ様。いらっしゃるのは構いません。ただ条件を付けます」

「条件？」

「はい。私も連れて行ってください。あなたは私が命を懸けてお守りします」

リュディは走り出すとクラリスさんに抱きついた。


「クラリス、ありがとう」


うむ。良かった良かった。ハッピーエンド。

と終わればいいのだが、そうすべてがうまくいくだろうか。もちろんクラリスさんが此方《こちら》に付いてくれる事はありがたい。ありがたいのだが。

「でも良いんですか？　間違いなくリュディのご両親はそんな命令をしていませんよね？　クラリスさんって皇国に雇われてるんですよね？」

彼女はリュディ付きとはいえお金を払っているのはリュディの両親だ。リュディよりも命令が優先されそうではある。

リュディはクラリスさんから離れると、そうよねと悲しそうに呟《つぶや》いた。

「ここにいらっしゃる時、やけに護衛が少ないと思いませんでしたか？」

「……思いました」

「私が一計を案じました。皇国内にもマルク様が聖域にいらっしゃるのを良いと思っていない重役もいるのです。そちらと共謀しています」

おいおい、と思わず呟く。

「それって大丈夫なんですか？」

完全に命令違反である。

クラリスさんは力なく自嘲気味に笑った。

「多分駄目でしょうね。首を覚悟しています」

「……そんな事はさせないわよ」

とリュディが言うもクラリスは首を振る。

「リュディヴィーヌ様。それほどの事だと理解してください。でもその覚悟をしている事は覚えていてほしいです」

リュディは真剣な表情で頷《うなず》く。

それを見たクラリスさんは、「とはいえですが」と優しい笑みを浮かべた。

「もし首になったらその時は花邑《はなむら》家のメイドとして雇っていただこうかなと愚考していましたし。よろしいでしょうか？」

そりゃこんな人材が来てくれるなら。

「願ってもいない事だけど」

「ご主人様、いっその事現時点で引き入れるのはどうでしょう？」

おわっと小さく声を上げる。見ると横にななみがいた。いつの間に来たんだ？

「ななみはいつだってご主人様の側におります」

怖えよ、ホラーだよ！

「私達もいますよ」

と今度は結花と先輩も。

「え、どうして？」

「なんでもソフィア様が『リュディが精神的に不安定だから友達と会話させた方が良い』と辺りの兵士に言ってくださったらしい」

なるほどそういう状況なら皆と引き合わせる事に納得するよな。へぇ、そんな事をね。

チラリとクラリスさんを見る。

先輩の言葉を聞いたクラリスさんはああ、と呟く。

「すみません雪音様。ソフィア様が言ったと言っておられましたが、実は私が流した嘘です。ソフィア様はそんな事絶対に言わないですし、絶対にここから出すつもりはないでしょう」

クラリスさんの大胆な行動に、先輩がめちゃくちゃ驚いてる。珍しいな、口を半開きにしているだなんて。

「リュディ様、お父様とお母様は心からリュディ様の事を愛し、心配しています。それは理解していますか？」

そう聞かれたリュディは真剣な表情で頷く。

「約束してくださいね。御家族のためにも必ずここへ帰ってくると」

「もちろん帰ってくるわよ。だって私には」

そう言って彼女は俺達を見る。

「こんなに頼れる仲間が居るんだから」

六章　聖域

▶ » « CONFIG

Magical Explorer
Reincarnated as a Eroge Hero's Friend, I'll live freely with my Eroge knowledge.

「手入れをされる可能性がないからもっと荒れ果てていると思ったが、そうでもないのだな」

先を進む先輩の言葉に結花《ゆいか》が頷く。

「私も聖域って聞いてちょっとヤバイ感じ想像していたんですけど、普通に綺麗《きれい》ですね」

そう言って結花は横に生えていた大きな白いキノコを見る。私は毒を持っています！

とばかりに薄く光っていた。見るだけなら良いんだけど、食べるのは遠慮したい。

「初めて来たけれど、こうなっていたのね」

とリュディが呟《つぶや》く。

まあたとえが難しいが、幻獣が住んでいそうな神秘的な森とでも言えば良いだろうか。

光が入らないぐらいに大きい木が生えている場所もあるが、そこは蛍のような物が飛んでいたり、先ほどの光るキノコやら、カボチャのような植物が発光していたりで、明かりは必要無かった。

場所によっては木漏れ日が差し込んだり、木があまり生えておらずぽっかり空いていたりした。

「こんなに楽に来られるとはなぁ……」

クラリスさんのおかげで俺達は、本当に何事もなく聖域の中に入る事が出来た。

ゲームなら聖域に行く途中、リュディを止めるため皇国の兵士といくつか戦闘があった。

しかし今回は一切その様子がない。

聖域に入れるのはリュディ含む皇族、そして鍵を持つ人とその周りに居る数名。

そしてこれはクラリスさんが即行動したからでもあると思う。

「クラリス様はこうなる事をすべて予想されていたのですか？」

「そうですね……。最近のリュディ様を見ていたら間違いなく行こうとするでしょうし」

そう言いながらクラリスさんは俺を見る。

「それに対してマルク様とソフィア様はリュディヴィーヌ様が勝手に行くかもしれない事を読むだろうとも思っていました」

「あのお二人でしたら、そうですね」

「ただソフィア様達は瀧音《たきおと》様達が勝手に抜け出して、リュディ様と合流して行く事は読めていなかったと思います。しかし私には一緒に行こうとする未来まで見えました」

だからすぐさま行動を開始したと。

「色々ありがとうございます」

「いえ。どう行動するか迷いましたが、後悔の少なそうな方を選んだだけです。ただ……本当に何かあったら花邑《はなむら》家にご厄介になるかもしれませんので、その際は」

「もちろんです、いつでも来てください」

「幸助《こうすけ》、クラリスは渡さないわよ。私が個人で雇うわ」

「まあまあリュディ様。もしクラリス様が花邑家所属になったとしても、就く仕事は花邑家のメイド。はつみ様が信頼している事もありますし、その……夜以外基本的にする事は変わらないと予想出来ます」

「朝も昼も夜も今まで通りだよ、含みありそうな言葉を入れるな」

　夜にナニするんですかね？

「まあ幸助なら問題ないとは思うんだけれど……。むしろウチよりも条件良く雇ってくれそうね」

　条件良くといっても給料上げる事ぐらいしか出来なそう。一応毬乃《まりの》さんやななみのおかげで信じられないくらいのお金入ってるし。なんかよく分かんないけど不労所得すごいし。

「まあ、ななみのおかげでお金に困ってないしな。クラリスさんにならいくらでも払っていいし。案外ありかもしれないいな」

　それを聞いたクラリスさんは苦笑した。

「お金は貰《もら》えませんよ。一生懸けても返しきれない物を頂いてるんですから」

そんな時ななみの雰囲気が変わる。

「一生懸けてご主人様にご奉仕が決まった所で、申し訳ないのですが……皆様お気をつけください、気配を感じます」

先輩の横を進んでいたななみは何かの気配を感じたのだろう、少し開けた場所をにらみつけ自分の身体強化を行った。

結花は目をこらしながらそれを見つめる。

「うぇぇ、何ですかねあの動く花………って花じゃない？」

結花が花だと思ったのは風に揺れているにしてはおかしい動きをする物だ。しかしそれは違う。俺は知っている。こいつは体に花を生やした女性形のモンスターだった。

「人？」

クラリスさんがそれを見て目を細める。

しかし人でもない。もしそれが人ならば、髪の毛の先に花が咲いていたりしないだろう。

「なるほど。私には及びませんが、なかなか良い肉体をしていますね。粘液を纏《まと》う所もポイントが高い」

ななみの素晴らしい着眼点だ。もちろん紳士に人気の敵だったが、甘く見ていると痛い目を見る敵でもある。あの怪しい粘液は俺達の体を溶かし、幻覚を見せる匂いを放つから。

「アイツは文献で見た事がある。たしかアルルーナだな」

文献と言ってもゲームだが。設定ではアルラウネの亜種のようなモンスターらしい。ちなみに男性ショタ形も存在し、そちらはアルルーンと呼ばれている。もちろん怪しい液体を垂らしている上に、アルルーナよりも攻めた格好をしており、淑女も喜んだとかなんとか。

「瀧音さん見てください。何ですかね、地面に落ちているアレ」

と結花はアルルーナの居る地面を見つめそう言った。

「骨、ですね？」

それをじっと見たクラリスさんは言う。

「気をつけろ、アルルーナの粘液は体を溶かすぞ。リュディ、行けるか？」

「カワイイ見た目なのに、物騒なのね」

そう言ってリュディは杖《つえ》に魔力を集める。

「良いかしら？」

俺達は頷く。

リュディの魔法が飛んでいくのと同時に俺と先輩が前に出る。そしてその後ろを結花が付いてきた。

先輩と結花は正面から行くようだったので、俺はどうせなら横から行こうとストールを伸ばす。そして近くにあった木の枝に巻き付けると、勢いよく引く事で体を飛ばした。そして今度は飛んだ先の木にストールを巻き付け、振り子のような動きで前へと進む。

「お猿さんの移動を激烈強化したみたいですね」

と結花が感想を述べる。聖域は一本道や迷路になっているダンジョンではなく、林のような場所だ。どうせなら地形を利用したほうがいい。

ただ問題があるとすれば、道から離れすぎると迷子になってしまう事だろうか。

「アイヴィさんやハンゾウさんだったら、もっとかっこ良く移動出来るんだろうな、って離れすぎて聞こえないか……」

アイヴィさんの動きを見て、ラーメンに浮いてそうな世界的忍者アニメ思いだしたもん。あと偏見かもしれないが、ななみや先輩も出来そう。今はやる必要がないだけで。

アルルーナは魔法が直撃する直前に、自分の前に手をかざした。するとどうだろう、その手から花が生えた。それはまるで。

「盾のようなものか、気をつけろ、相手は無傷だ」

先輩が接近した時だった。急に森の中から苔《こけ》を纏った人のような物が幾つも現れる。それを見てすぐにそいつが何かを理解した。

「マタンゴまで居たのか！」

とはいえアレはマタンゴ本体ではない。マタンゴが呼び出す仲間、マタンゴ菌人だ。

先輩が手に持った薙刀《なぎなた》で一閃《いっせん》すると、そのマタンゴ菌人は綺麗に二つに割れる。しかしそれの元は菌であり、その菌自体をなんとかしない限り――

「……復活したわね」

とリュディが魔法を放つ。そして大きなハンマーで攻撃されたかのように、マタンゴ菌人は奥の木に飛んでいき、衝突する。

俺はとりあえずアルルーナを倒すべく横から飛び出て第三の手で潰そうとする。しかし俺の前にも幾つものマタンゴ菌人が出現した。

仕方なくそいつらを第三の手で叩《たた》き潰す。そしてアルルーナが飛ばす粘液を躱《かわ》して後ろに下がっていた先輩の側へ移動した。

先輩は俺に気がつくと、合流しやすいように近くに居たマタンゴ菌人を攻撃する。

「先輩、そいつは普通に倒す事が出来ません。みんなも気をつけろ！」

先輩、そして少し離れた所に居る皆へ知らせる。

「じゃあどうすればいいの？」

と奥の方からリュディの声が聞こえる。

「燃やすなどで菌をすべて消滅させる事も出来るが、本体はいくらでも替わりを出す事が出来る……どこかに使役している本体が居るから、そいつを倒せば……」

「瀧音、どんな見た目だ？」

「キノコです、大きなキノコ。もしかしたら擬態しているかもしれません」

先輩は一旦引くと辺りを見渡す。マタンゴを捜しているのだろう。

俺も近くに現れたマタンゴ菌人をぶん殴る。このままこいつを倒しきるまですりつぶしても良いのだが、倒した所でどうせ追加を召喚される。

根本を枯らさないと無駄なのだ。

しかしマタンゴだけを相手にしていられない。アルルーナも何もしないわけがないからだ。そいつは背中を反らせると、大きく息を吐き付けるかのように大きな声を出した。

「ちょ、うるさいんですけどっ！」

結花が耳を押さえながら叫ぶ。

まるで甲高い悲鳴のような声といえば良いだろうか。思わず足を止め、耳を塞ぎたくなるほどうるさい。

そして足を止めた者に対して。

「結花、気をつけろ！」

自身の纏う液を飛ばす。結花はすぐにその場から飛び退《しさ》り辺りの木に隠れるも、その木の幹はジュウジュウと嫌な音を立てながら溶け、やがて倒れてしまった。

「やっかいだな」

マタンゴの擬態は集中しないと捜すのが難しい。しかしそれを妨害するアルルーナが居て、マタンゴ菌人はアルルーナを守る。なかなか良いコンビと言えるだろう。

しかし。そいつらが自由なのは陸でだけだ。そして俺には頼りになる仲間が居る。

「上から行く、ななみ」

と俺はストールを木の枝に巻き付け、飛び上がる。マタンゴ菌人は空を飛べない。だから俺は上からアルルーナのもとへ直接行く事にした。

「承知しました、援護します」

ななみはどんな属性の魔法もこなせるし、火の魔法ももちろん使える。マタンゴ菌人は数はそれなりに多いが、行動は遅いため弱点で倒しやすい。

ななみの放った矢が前に居たマタンゴ菌人を燃やす。そして俺を追いかけようとしたマタンゴ菌人はクラリスさんとリュディが受けもってくれた。

俺は勢いそのままアルルーナのもとへ飛んでいくと、そいつが生み出した花の盾を第三の手で叩き破壊する。そして鞘《さや》にためていた魔力を爆発させ、アルルーナに刀を振る。

ＲＰＧでもそうだが、二人揃う事で厄介なら一人削ってしまえばいい。そうすると相手の戦力は著しく低下する。

さてアルルーナを倒した事で、集中出来るようになった先輩がマタンゴを見つけるのはすぐだった。

マタンゴは俺達に幻覚を見せていたのだろうけれど、先輩の心眼の前では無力だった。

先輩は苔の生えた岩の前に行き薙刀を振る。するとその岩は白い煙を放ちながら姿を変えていく。

煙が晴れるとそこには真っ二つになったキノコの化け物が居た。

「瀧音さーん。何か落としたみたいですよ？」

俺の後ろから結花が近づいてくる。多分だが俺がアルルーナを倒しきれなかった時のため、俺の後ろを来ていたのだろう。

「何ですかねこの瓶って……ヴォエッ」

どうやらアルルーナはアイテムをドロップしたらしい。結花はそれを拾ってすぐに地面に落とした。淑女が出してはいけなそうな声をだす。

「だ、大丈夫か？」

そのアイテム、謎の液体が入った瓶を汚物を触るかのように手でつまむ。そして反対の手で鼻を押さえながら俺にそれを差し出した。

「クッッッッサ！」

それはアルルーナが放っていた匂いのせいだろう。男からすれば、甘ったるさはあるが良い匂いだった。しかし女性からすれば評価は一転しとても臭いみたいだ。これは設定どおりだな。逆にアルルーンの場合は女性が良い匂いと感じ、男性が臭いと感じるらしい。

あれ、そういえば結花は、臭い物を俺に押しつけようとしてないよね？　まあ俺からすれば良い匂いだから受け取っても良いんだけど。

「まあまあ結花様、そういう時は別の匂いを思い出しましょう。ほらご主人様の靴下の匂いを思い出してください」

「臭いじゃないですか！　そんなの嗅いだ事ありませんよ！」

「なんで嗅いだ事ないのに臭いと断定してるんですか？」

俺の素朴な疑問ですがね。それにしても足の匂いね……アマテラス女学園の事を思い出す。

「大丈夫だ、瀧音の靴下は臭くないぞ」

「幸助、結花ちゃん、ななみ。そして雪音《ゆきね》さんも漫才なんかしてないで行きましょう」

とリュディに促され、俺達は気を引き締め先へ進んでいく。

あとどうでも良いけど、俺の靴下で一瞬先輩の動きが止まったのは何で？

それから数回戦闘を挟みつつ森を進んで数時間ほどしただろうか、俺達はそこにたどり着いた。

「今度は……遺跡ですか？」

それは遺跡の上に巨木が生えている場所だった。逆に巨木の根っこに建物を造ったのかもしれない。まあそんなのはどっちでも良いか。

「道なりに進んでただけなんですけど、ここで良いんですかね？」

大丈夫だ、合っている。とはいえ別の場所にも行きたかったのが本音だ。とある規則性に則《のっと》った進み方をするとレアなアイテムだったり、武器だったりを見つけられるから。

とはいえ、今は寄り道などしている暇はない。

「多分良いはずだわ。私も聖域の森について詳しく知らないのだけれど、奥に巨木に包まれるような形をした遺跡の入り口があるって聞いているし」

「ご主人様、野営の跡があります」

ななみの言葉に、皆の雰囲気が変わる。

ななみが示した場所へ行くと、確かにそこには火をたいた跡があり、辺りにはゴミが散らばっていた。片付けておけよ、なんて思うが邪神教相手に言っても無駄か。

「さほど時間が経過していないようです」

ななみはその火元を調べてそう言った。

その火元から延びる足跡を見るに、中に入ったのは間違いなかった。

それを見て俺は少し考える。ラーメンを食べに行ってから俺達は寝ていない。急ぎたい所ではあるが、ここまで動きっぱなしだと精神的な疲労がある。

「……作戦会議も兼ねて俺達も少し休憩してから行こう」

皆は頷いた。

◇

「中は普通のダンジョンですね」

結花が言う。巨木に包まれた遺跡の入り口から想像出来るとおり、レンガ調の遺跡をベースに、周りに木の枝が張っているような見た目だった。

森ほど障害物はないし、戦いやすいであろう。

「出現するモンスターは変わるからな。気をつけろ」

聖域の森には主に火に弱いモンスターが出現する傾向がある。しかし遺跡に入ると現れるモンスターはガラッと変わる。

「何ですかね、大きいリス？」

「額に宝石のようなモノが付いていますね。目にした事があります。アレは確か、カーバンクルですね」

クラリスさんの言うとおりそれはカーバンクルである。

額に赤い宝石が付いたモンスターで、出現する場所によって色や属性が変わったりする。

彼らは見た目は非常にカワイイが、意外に強くて甘く見ていると足をすくわれるであろう。

ただし稀《まれ》に落とすアイテムがとても優秀であるため、イベントそっちのけで狩られるモンスターでもある。

今回は幸か不幸か一匹だけの出現だった。

カーバンクルは此方《こちら》に気がつくと、後退しながら魔法陣を具現化させる。そしておでこの赤い宝石が大きく光り輝き、自身が赤い粒子に包まれた瞬間、その魔法は放たれた。

「――――!」

それは人の手の形をした炎だった。あまりの熱気のためか、その手の周りが揺らめいているようにも見える。

勢いよく此方に飛んでくるそれにリュディがエアハンマーを合わせる。

ゴウン、という大きな音が辺りに響く。それはその炎の手がエアハンマーを受け止める音だった。いや受け止めるだけではない。その手はエアハンマーを握りつぶし、さらに投げ捨てるような動きをしたのだ。

それと同時に自分の体の横を熱風が通り過ぎていく。

「嘘でしょ……?」

あまりに簡単に自分の魔法が破られた事で、少し呆然《ぼうぜん》とするリュディ。

「攻撃はぜんっぜん可愛くないですね。瀧音さん、あれはどうすれば良いんですか」

そう言うのは結花だ。

「一応水の属性が弱点なんだが」

俺がストールに水属性をエンチャントしてぶん殴れば良いのだが、それを言う前に。

「ならば私が行こう」

と先輩が前に出る。

先輩は水属性が得意であるから、適役と言えるだろう。彼女がその炎の手に向かって走るとそれに続いてクラリスさんも進む。

さて俺は。

「俺達はあっちだな。結花、挟み撃ち的な感じで頼む。ななみ、援護を」

と俺達は俺達で動き出す。

ななみがそれ以上逃げないように弓で援護している所を、俺と結花が左右から迫る。

チラリと先輩の方を見ると、彼女は炎の手に向かって薙刀《なぎなた》を振るっている所だった。

「水簾《すいれん》」

それは決して斬る技ではない。巨大な滝の水が地面を打ち付けるような、大きな質量を凄《すさ》まじい勢いでたたき付けるようなそんな技だ。

普段の美しい剣閃とはまた違った、圧倒的な存在感と力強さでひねり潰すような攻撃がその炎の手に当たる。その炎の手は爆音と共に為《な》す術《すべ》もなく消えていった。

「アレは訓練でも食らいたくないですね」

と結花はぼやく。

「結花、それよりもカーバンクルだ！」

と結花の意識をカーバンクルに集中させる。

カーバンクルは接近戦闘はあまり得意ではないが、非常にすばしっこく魔法が得意なモンスターである。そして逃げながら遠距離で戦うやっかいな習性があり、場合によっては攻撃するだけして戦いから逃げ出す事もあった。逃げる確率はさほど高くなく、『はぐれメ○ル』なんかと比べればなかなか逃げない。ただ逃げられた時は、すごくむかつくが。

また基本戦術は『距離を取りながら遠距離から魔法を放つ』であるため、素早さが低く魔法に弱いキャラだと何かをする前に負ける可能性もある。だから苦手なキャラはとことん苦手である。

「瀧音さん、そっちに行きました！」

挟み撃ちにしたのが良かったのだろう、相手は逃げ場がなく俺に向かって突撃してくる。そして俺の前で大きく跳躍すると、尻尾に炎を纏い縦に一回転しながらたたき付けてきた。

俺はそれを水属性で強化した第三の手で防ぐと、第四の手でそいつを殴る。するとそのカーバンクルは、まるでそこに最初から何も居なかったかのように、姿を消す。

「瀧音さん、危ない！」

結花は叫ぶ。しかし安心してほしい。今までの経験のおかげか、心眼のおかげか分からないが、どこに居るかは最初から分かっていた。むしろ相手の攻撃を待っていたと言っても良い。

俺は横から燃える尻尾を振り下ろすカーバンクルに刀を抜く。

魔素になっていくカーバンクルからは何もドロップしなかった。ゲームであったらイベントが進まないから、いくらでも狩れたのだが、今回は仕方ない。

「先へ進もう」

それに本当ならばこのダンジョンにあるアイテムも回収したい所だが、それは後まわしにしよう。どうしようもないなら諦めてもいい。最悪他の場所で取れるアイテムでも代用出来るモノだ。

それよりも今は邪神教を追わなければならない。

七章　菱十字騎士団とアークエルフ

いくつか戦闘をこなしながら先へ進んで、俺達は彼らの所へたどりつく事が出来た。

その先に居た彼らを見て思わず呟く。

「何で？」

その服装がまずおかしい。本来ならここに来るのは下っ端の奴らだったはずだ。しかしここに居るのは。

「……ヤバそうな奴らがいませんかね？」

結花《ゆいか》はそう口にする。

見た目は中二病の心を少しでも持っているなら、間違いなくときめくであろうローブを纏った奴らだ。

彼らは此方を見て何かを話しているのか、頭を動かして仲間に視線を向けたり此方に視線を向けたりしている。

そんなローブの奴らを見たクラリスさんがゴクリとつばを飲み込む。

「あれは噂《うわさ》で聞いた事があります。菱十字騎士団」

その正体はクラリスさんの言うとおりだ。邪神教信者の中でも特に戦闘に特化した集団である。基本的に物語終盤辺りに出てくる奴らで、こんなに早く出てくる敵ではない。

ただ、アイツらはなんとかなるのだ。

強いと言っても今の俺達なら負ける事はないと思う。後半に出現するとはいえ一応雑魚敵扱いだから。もしここに来たのが菱十字騎士団の団長だったり、裏切り者を断罪する役目がある影だったらヤバかった。

という事で普通の団員ならどうでも良い。別の問題が二つある。

「ご主人様、以前あの者を見た覚えがあるのですが、気のせいでしょうか」

一人だけ服装が違う女性が居た。此方も中二病持ちなら発作が起こりそうなファッションという共通点があるが、それは菱十字騎士団の格好ではない。

「気のせいじゃないな」

あれは邪神教にいるヒロインの一人である。

以前会ったのはアマテラス女学園のアマテラスダンジョンの中だ。邪神を復活させるアイテムの一つを持っていった彼女。

「何で居るんだろうな」

思わず呟いてしまう。だって彼女、司教オルテンシアはどういうルートを選んだとしても、ここで出現するはずのないキャラだったから。これが大きな問題の一つだ。

そしてもう一つだ。今居るこの場所には、この聖域の遺跡を守護するためのボスがいたはずなのだ。この先にいるアークエルフの封印を解かれないように。

ゲームでは邪神教はその遺跡ボスと戦うも倒せず、一時的に撤退しようとしていた所に伊織《いおり》達が遭遇。そして倒す。しかし守護するボスも俺達を敵だと認識し戦いになる。回復する間もなく二連戦になってしまう、そしてアークエルフの封印は守られる。というのが本来のストーリーだ。

ボスがいないという事は倒してしまったのだろう。普通の信者ではなく菱十字騎士団やオルテンシアがいるのならば、倒せない事はない。

「瀧音《たきおと》、行くか？」

先輩が身体強化魔法をかけ直しながら俺を呼ぶ。

「先輩……行きましょう」

こうなってしまった以上そのまま行くしかない。オルテンシアがいる以上、もう少し戦力があった方が良いのだが、残念ながら今いるメンバーで戦うしかない。

と俺達が話している間も相手は何かを話している様子はあるが動かない。

「罠《わな》ではないかしら？」

リュディの言葉にななみが首を振る。

「希望的観測かもしれませんが、相手側もこんなに早く追いつかれるとは思ってもいなかったのではないかと」

「そうですよね、そうでなければあそこでたき火して休憩なんてしないと思います」

と結花は同調する。

「ご主人様、ここは男を見せる時です。『罠なんか関係ねぇ、すべて破壊し尽くすだけだ』などどうでしょう？」

「ななみ、瀧音はすでに何度もしていると私は思う。それも無意識に」

「瀧音様は確かにそうですね……」

え、なんかちょっと恥ずかしいんだけど。

「まあ、気をつけていこう」

そう言って俺達が動くと菱十字騎士団も動き出す。

さて見た限りだとあちらには合わせて五人。剣盾、杖《つえ》、弓、鉄槌《てっつい》。そしてオルテンシアだ。彼らは杖と弓の後衛を守るかのように剣盾、そして鉄槌が一番前に出ていた。そして彼らとは少し離れた所にオルテンシアが。

一番に動いたのは先輩だった。うちのパーティで一番素早く動く事が出来る先輩は、走り幅跳びでもするかのように地面を大きく蹴り、遠距離攻撃をするのであろう弓と杖持ちの方へ接近する。

しかしそれを阻むように大きな鉄槌を持つヤツが動く。鉄槌は弓と杖の前に走りながら、自分を軸にして鉄槌をぶぅんと振り回し、近寄る先輩に向かって横薙《よこな》ぎに振る。

先輩は迫り来るそれを避けると、少しだけ顔をしかめた。

「まともに打ち合ったら武器が壊れるな。私よりも力が上かもしれない」

「どんだけ力があるんですか……」

結花は絶句している。結花はマジエクの中でも腕力が強い部類のキャラだ。その結花はまだ一度も純粋な力で先輩に勝てていない。

「私の盾もしっかりエンチャントを行わないと破壊されそうですね」

とクラリスさんは言うと走り出す。そんなクラリスさんの後ろから光り輝く一本の矢が斜め上へ通り過ぎている。そして敵の上までくると、その矢から大きな魔法陣が浮かんだ。

「ライトニングアロー」

ななみの言葉と同時に、魔法陣から幾つもの光の矢が降り注ぐ。

それは杖、弓の後衛達を狙ったものであった。しかしそれは杖を持つ邪神教信者が炎の盾を作り出した事で防がれる。そして弓を持つ信者が魔法陣に向かって矢を放つと、その矢は魔法陣に着弾し、爆発した。

「アローボムを使うのですね」

弓使いはすぐに視線を先輩に向けると、今度はそちらに向かって矢を放つ。しかしすぐさまリュディがウイングハンマーではたき落としていた。

先輩の所に追いついたクラリスさんは剣持ちの邪神教信者と対峙《たいじ》している。

そうなると。

「俺が相手するのは、お前か」

俺は一人戦っていなかった彼女と対峙する。

様子を見ているのか、戦うのが面倒だったのか、それとも作戦なのか。オルテンシアは俺を見ているだけで、話す事も攻撃する事もなかった。

「今回は逃げないのか？」

と少し挑発するも、それでも彼女は何も言わない。俺が彼女を第三の手でぶん殴ろうとした時に、ようやく動きがあった。

彼女は自分のアイテムボックスからそれを取り出した。

「ずいぶんとまあ仰々しい武器を出してきたもんだ」

それは自分の腕ぐらいの長さの刃が付いている、大鎌だった。彼女は少し特殊な武器が得意で、邪神教に居る時は大鎌を使っていた。

彼女はその大鎌を俺の第三の手に向かって振り下ろす。

ガキンという、刃が堅い物にぶつかる音がする。かなりの魔力を含ませていたからだろう、ストールが破れる事はなかった。しかし彼女はその振り下ろした鎌に力を込め続け地面を蹴った。

「芸術点が高いな」

彼女はなんと鎌の先を軸にして、そのまま縦に一回転しながら跳躍し、俺の後ろへ回ったではないか。

一瞬ではあるが、彼女と目が合った。思わず見惚《みと》れてしまうような美しい彼女の赤い瞳が俺を見下ろしていた。あと跳び上がった時に見えたローブの下に着ている服は、すごくきわどかった。

もしここがツンデレ喫茶のようなギリ奉仕してくれる場所だったら喜んでいたかもしれないが、あいにく自分に大鎌を振り回す彼女で喜べるほどレベルは高くない。

彼女は地面に降り立つと同時に、振り返りながら鎌を振る。

遠心力を利用し勢いよく迫るそれに俺はストールを合わせる。

攻撃は防げたものの、彼女は俺から距離を取っていたため、俺の反撃は出来なかった。

またもや彼女は自分の攻撃を利用して移動をしている。移動と攻撃が同時に出来るそれはとても合理的な動きだ。

また彼女は鎌一辺倒ではない。彼女は高速で闇魔法を使う事にも長《た》けていた。

ほら、今も瞬間的に魔法陣を実体化し、魔法が発動した。それも闇魔法の中でも一番個人的にムカつく奴だ。

彼女は闇魔法、相手の能力を低下させるデバフ系だったり呪い毒系なんかが得意である。これの対策をするなら……アイテムなんだよな。

「体が、重いな」

「瀧音さーん、大丈夫ですか⁉」

しかし此方《こちら》には回復魔法が得意な結花がいるのが良かった。オルテンシアが居ると思っていなかったから防ぐためのアイテムをしっかり準備していなかった。場合によっては大苦戦していたかもしれない。

まあ状態異常回避のアイテムはとてつもなく希少であり、物語後半とか隠しダンジョンとかでしか取れないんだけれど。

さて、次に彼女がしてきた事は、闇魔法でいくつかの盾を作り出す事だった。俺の第三の手、第四の手の攻撃を受け止める事は出来たが、盾はもろく一枚につき一度までしか防げないようだ。

しかしカウンターを入れるなら、一度防げれば十分だった。

大鎌が俺の方に迫ってくる。後ろに下がろうとしてふと気がつく。

後ろに闇の盾が浮かんでいた。俺が避けるのを妨害するために、あえて後ろに盾を出したのだろう。

避けられない。俺はその迫り来る刃に向かって刀を抜く。

「……斬れないか」

相手の数倍速い剣速ではあったが、相手もしっかり武器に魔力を込めているようで、断ち切る事が出来ない。もしかしたらかなり魔力をためて、最高まで集中出来れば断ち切れるかもしれない。だが彼女がその時間を与えてくれるかは疑問である。

彼女は居合いの威力を殺す事は出来なかったらしく、大きく鎌が弾《はじ》かれた。しかしすぐに体勢を変えると、俺の追撃を避けるため後方へ飛んだ。

距離を詰める事も考えたが、彼女が何らかの魔法を発動しようと片手を此方に向けたのでそれは止める。代わりに刀を鞘《さや》に戻し魔力を込めた。

彼女はデバフ系魔法にだけ気をつけていれば良い相手ではない。先ほどの盾魔法もそうだが、遠距離、近距離の魔法もまんべんなく使えるからだ。とはいえ遠距離では紫苑《しおん》さんよりも下で、近距離はカトリナに及ばない。どちらかと言えば補助が得意だ。

思った通り、彼女は魔法を使ってきた。彼女は闇魔法を大鎌に纏わせると、俺に向かって勢いよく振る。

するとその大鎌が回転しながら俺に向かって勢いよく飛んできた。

一瞬彼女が大鎌を投げたのかとも思った。しかし彼女の手には鎌が残っていた。彼女は大鎌を魔法で作り出し、それを俺に向かって射出したようだった。

魔〇村かよ、なんて昔のゲームを思い出しながら心でツッコミを入れる。

俺は一呼吸してその迫る大鎌を切断する。俺が避けると後ろで補助してくれた結花に当たってしまうから。

それからオルテンシアと何合か打ち合って分かったが、彼女は先輩とアイヴィを足して二で割ったように、身軽でありつつ体幹とバランス感覚が優れているように感じた。

なら、これはどうだ？

俺は彼女が横薙ぎに振るう攻撃を、地面にたたき落とすようにして防いだ。

彼女は自分の力だけではなく、重い鎌を振る事で生み出される遠心力を利用して移動と次の攻撃につなげていた。だから俺はたたき落とす事で相手の遠心力を殺しつつ、腕が下がった時に頭上から攻撃出来ればと。

しかしその思惑はうまくいかなかった。

彼女は一瞬バランスを崩した。しかしわざと地面を転がり無理やりその場から離れるという荒技を披露した。そして転がりながらも魔法で闇の盾を作り、追撃を防ぎつつ自分は態勢を整えた。

そんな動きをされてしまえば、俺の攻撃は当たらない。

ほんと厄介すぎる。彼女は戦闘センスが非常に良い。正直めちゃくちゃ戦いにくい。ゲームでは回避率が高いイメージはあったが、こういった動きが出来るならそりゃ回避率が高くなると納得出来る。

「厄介ね」

ここに来て彼女が初めて言葉を発する。てっきり無言で貫くのかと思ったが、そうではないらしい。さて、なんて返そうか。出来れば長く会話を続けて少しでも情報を引き出したい所だが。

「初めて声を聞かせてもらったけれど、見た目通りカワイイ声ですね」

うん、何も思い浮かばなかった。ただのナンパになってしまった。俺は何をしてしまったんだとちょっと後悔する。

「…………貴方《あなた》は何なの？」

彼女は自分のフードを被り直しながら、そんな事を言う。もうはっきり顔を見られたからか、深くは被らなかった。

俺が言った戯《ざ》れ言《ごと》の返答ではなかったけれど、とりあえず会話が続いた事に安堵《あんど》する。

「花邑《はなむら》家に関係しているらしいですよ。知らんけど」

俺も皆が調べられるだろう事しか知らない。マジで知らない。まあ彼女が言いたいのはそういう事ではないのは理解していたが、そう言っておく。

「瀧音幸助《こうすけ》が花邑家に関連する人物である事は知っている。異常性について聞いている」

それは俺を異常と言っているよな。結構失礼ではないかと思う。

「まあ説明したい所だけど、非常に説明が難しいんですよ。全部話しちゃうと頭おかしいと思われそうですし」

「それはもう思ってる」

……まあ思う所はあるけどいいや。それより俺も聞きたい事がある。

「貴方はどうしてここに？　それに菱十字《ひしじゅうじ》騎士団とは距離を取ってるようですが」

と俺は視線を先輩達に移す。先輩やクラリスさん達は前衛の二人と危なげなく戦っているようにみえた。先輩は相手のパワーが厄介、的な事を言っていたが、先輩はパワーよりもスピードや技寄りのステータスだ。パワーだけの奴に負けるわけがない。またクラリスさんもそんな先輩と普通に訓練出来ているエルフだ。先輩よりも弱い敵に引けを取る理由がない。

もちろん敵の後衛も、このままだとヤバイと援護をしている。しかしリュディとななみも後ろから援護していた。まあ普通に此方が圧倒的に優位だった。

相手が強いとはいえ、此方もそれ以上に強い、それだけだった。

結花も俺にはあまり援護は必要ないと思ったのか、先輩達の方に注力している。

さて、だ。

このようにチーム同士の対戦をしているというのにオルテンシアには援護が全くない。

此方に来ようともしない。ぼっちだった。

「貴方に話す必要、ある？」

まあそれを言ったら終わりなんですが。

「ないかも知れませんけど、ちょっと気になって」

「……本来は部隊が違うから。たまたま今日組んだだけ」

と彼女はそれっぽい事を答える。話した感じ本当の事だと思う。

しかし疑問もある。何でここに居るかは話していないし、こんなに押されているのに焦っているそぶりが見えないのだ。

本来の目的が別にある？

と考えていた時だった。通路の奥から強い魔力を感じたのは。

「でも、そうね。そろそろ目的は果たしたようね」

思わず頭をかく。この先でこんなに強い魔力を持つ者って言ったら。

「………封印を解いたんだな」

現実的に考えてアークエルフだけだ。

「ええ、侵入していたのは私達だけだと思った？　私達以外は目的達成のために進んでいたの。彼らがなんとかするだろうと思っていたから、私達は時間稼ぎしただけ」

その言葉から推測すると、最初から邪神教の目的はアークエルフの復活だったのだろう。

なぜここに聖域を守護するボスがいなくて、代わりにオルテンシア達がいたかというと、オルテンシア達がボスを倒したのは間違いない。

そして。

「なるほどな。お前達は少なくとも二つの部隊で来た。そしてお前達がボスを倒している間に、別部隊が本来の目的であるアークエルフの復活のために動いていた。そしてボスを倒して少し休憩をしていたら俺達と遭遇。そんな所か」

オルテンシアは否定しなかった。

思わずため息をつく。

「困るな。なんであんなイカれネクロマンサー野郎の封印を解いたんだよ、なんか頭が痛くなってきたんだけど」

と俺はため息をつく。そして辺りを見ると菱十字騎士団はオルテンシアを除いて一ヶ所に集まっていた。また彼らと戦っていた先輩、リュディ、クラリスさん、結花、ななみも近くに集合しており、何らかの会話をしているように見えた。

先輩達は何かを言われたのだろう。驚いた様子でこの先、アークエルフが封印されている方向を向く。

そしてさらに一言二言話した後、菱十字騎士団達は背を向け、アークエルフがいる方向へ走って行くではないか。アークエルフを復活させた仲間に合流しようとしているのだろう。

そして先輩がそれを追いかけようとして動き出した時に、俺は叫んだ。

「先輩、追わない方がいいです！　いえ、絶対に追わないでくださいっ!!」

と先輩を止める。このままいくのはまずい。もしアークエルフに出会ってしまった場合、負けるのは目に見えているから。

現時点の俺達が勝つには、ちょっと特殊な戦いをしなければならない。

先輩を言葉で止めた俺は、オルテンシアに向き直る。

嫌な予感はしていた。だって本来ここに居ない奴らばかりだったから。本来ならこの先のアークエルフと戦うのはまだ先なんだけどな。これは戦わざるを得ない状況になった。

オルテンシアは「もう会う事もないだろうけど」と菱十字騎士団と同じように奥へ行こうとしたが、俺はストールをバネのように弾きオルテンシアの前に跳躍する。そして彼女の行く手を阻んだ。

「まあまて、そのまま行くと間違いなく死ぬぞ」

と話しながら俺は先輩達にまだこっちへ来ないでくれとジェスチャーをする。ちょっと彼女とは二人で話したい事がある。

「……貴方の言葉が正しいとして何で敵である私にそんな事を言う？」

訝《いぶか》しげな表情で俺を見る彼女。

「俺は何でも知っていると思っていてくれて良い。だから止めたんだ。ちなみにお前の事も知っているからな」

「私の事も？」

「ああ、だから問わせてほしい。本当に自分の目的を達成するためなら、他の人がどうなっても良いと思っているのか？」

今のように。

彼女は悲しそうな表情を浮かべる。そして。

「私は地獄に落ちるわね」

と自嘲気味に言った。

オルテンシアの立場と目的、そして邪神教という組織の実態を知っている俺からすれば、この言葉で彼女が一般人を巻き込む事を嫌がっているのは分かった。

だから俺は。

「落ちないな。お前は地獄に落ちない」

そう言った。

「……それはなんで？」

「俺が助けるからだ」

彼女は顔をしかめ、俺をじっと見た。視線を逸《そ》らさずまっすぐ見る俺を見て、彼女は小さく息をつく。

「知ったように…………あまり適当な事を言うな」

まあ逆の立場でこんな事を言われたらぶん殴っているかもしれないし、その大鎌で戯れ言を言っている奴の首を斬り落としているかもしれない。ただ彼女が俺に攻撃しない所を見ると、やっぱりオルテンシアらしいなと思ってしまう。

「俺は適当な事を言ったわけじゃないさ、本気なんだ。いつだって本気だった。そしてどんなに強大な相手だって倒したし、今の所全員普通の生活を送れている」

「よけいに意味が分からない」

「さっきの言葉の意味なんて、分からなくて良い」

それから彼女は何かを言おうとしていたが、俺はそれにかぶせて、それも彼女の言葉を打ち消すように言葉を放つ。

「お前には幸せになってもらう、覚悟しとけ」

それは彼女に対する宣言だ。もう後には引けないぞと自分を戒めるためのものでもある。

「……何こいつ。強引で人の話は聞かない、デリカシーのかけらもない。嫌われるわよ？」

嫌われるわよ、と言われてもな。俺は式部会だから。

「あいにく学園中から嫌われているよ、別に嫌われても良いしな」

オルテンシアが幸せになってくれるのならば、俺は別にどうなっても良いから。

「……ほんと、意味が分からない」

「今はそれで良い。そうだ、一つ忠告しておこう」

「貴方の忠告なんて要らないわ」

「お前はアイツを利用して殺そうとしているだろうが、お前だって利用されているだけだ。殺しても何も変わらない。場合によってはもっと辛い地獄を見る羽目になる」

「知ったような口を」

「知ってるから言うんだ、オルテンシア」

目をまんまるに見開いて彼女は静止する。なぜ私の名前を？　とでも考えているんだろうか。

さて言いたい事は言った。ななみ達も心配そうに見ているし、別の事もしなければならないしこれ以上は時間の無駄だ。

俺は帰還用の魔石に魔力を込めて彼女に投げる。動揺していたのだろうか。思わずキャッチしてしまった彼女は、ちょっとアホっぽい顔で光の粒子になって消えていった。

「ご主人様、大丈夫ですか？」

彼女が消えると同時にななみが近づいてくる。

「？　ダメージは受けてないぞ？」

「表情です。取り繕っても私やここに居る皆様は察するでしょう。勇気を出して好きな子にメッセージを送ったのに、返事がきたのは三日後だったような顔をしてます」

「それ脈なしだから諦めろ」

「でも瀧音さんって脈なしでもグイグイ来そうなタイプですよね。押しが強いですし、少しでも可能性があればどんどん行動しちゃうし。なんかあの子もそのまま押し切っちゃいそうに見えます」

結花が会話に参加する。押し切れれば良いんだけどな。あの子は色々と複雑だから。それに物語が想定と違いすぎて、もうどうして良いのか分からん感じになってるし。

「そもそもですけど、あの子って邪神教ですよね？」

「ああ、訳あって入信したふりをしている子だ」

「ちょっと手が広すぎませんか？」

しらけた目で俺を見る結花。

「本当ですね、管理する私の事も考えてほしいです」

ななみはよく分からん事を言う。管理ってどういう事だよ。それにしても。

「……ずいぶん余裕そうだよな。これからヤバイのが来るっていうのに」

「もっとヤバイのと戦った事がありますしね、瀧音さんもあんまり焦ってなさそうですし」

「いざとなったら結花を盾にして逃げれば良いと思っているからな」

「はい、ダウトーっ！　もし逃げるってなったら一番最後まで残るじゃないですか、私は真っ先に逃げますけど」

おいおい、そう言ってるくせに本当にその状況になったら逃げずに残ってくれるのを知っているぞ。

「…………何ですか、その意味深な笑顔は。瀧音さんだけじゃなくてななみさんまで」

「私には見えたのです。再現しましょう。ううぅんっ……『っはぁーっ!? ほんともう何やってるんですか、やっぱり私が居ないと瀧音さんは駄目ですね、戦闘も私生活も……』

おや結花様どうしました？」

「分かりました分かりました。もうマネしなくて結構です。ねつ造もしなくて良いです」

と俺達が話していると残りの三人、リュディ、先輩、クラリスさんが合流する。

この後の話をしていたからか、全員深刻そうな表情をしていたが。ただ先輩だけは俺達の表情を見てなんだか少し安心したようだった。

「…………さっき逃げた邪神教が少し話していたんだけど、それが本当なら厄介な事になったわ」

「多分本当だろうな。さっき感じた嫌な気配はそれ以外考えられないし……」

と俺が言うとクラリスさんは呆《あき》れた様子で俺を見る。

「いつも思うのですが、瀧音様はなぜこんなに状況を把握してらっしゃるんですか？」

そりゃあゲームで何度も戦ったからな。まあ彼女が一番納得出来そうな事を言うなら。

「まあ毬乃《まりの》さんに聞いた事があるだけですよ」

聞いた事ないけどそう言っておく。

「では、ここに封印されている者を知っている、と」

クラリスさんの問いに、もちろんだと頷《うなず》く。

「ええ、知っていますよ。色々と知ってます」

と俺はリュディを見る。アークエルフを倒すためには、彼女の力が必要な事も。

「瀧音。単刀直入に聞こう。勝算はあるのか？」

先輩は俺を見て問う。難しい質問だ。

「準備が出来ていれば百％ですね」

「ふむ、その準備は？」

「全くと言っていいほどしていません」

だってさ本来ならここで復活しないいんだぜ？　ゲームで来ていた邪神教信者はこのフロアにいた遺跡を守護するボスにボコボコにされて半壊してるんだから。そして逃げようとした所で伊織達主人公と会い戦闘。伊織達はその戦闘に勝利するもボスが伊織達を敵だと思ってしまい戦闘。

という事で奥に封印されているアークエルフは、復活せずに終わる。まあ別件で倒す事もあるんだけど。

「でもまあかなり準備して挑んだラジエルの書よりかは、突破しやすいと思うんだよな」

と俺の言葉を聞いた結花は手を口に当て、信じられないとばかりに目を見開く。

「え、ちょっと待ってください。ラジエルの書の時ってそんなに危険なのに私達を呼んだんですか⁉」

まあその通りです。本当に駄目だったら桜《さくら》さんはすぐさま自害するか俺達に殺されていたと思う。てか俺しつこく危険な事言ったよな？　記憶が確かならお前納得してただろ。まあ先輩的にはそれはどうでも良かったようで、むしろ。

「勝利条件は？」

今の方が重要のようだ。まあそうだよな。

「勝利するためには」

チラリと俺はリュディを見る。

「私、ね」

「リュディ、そしてクラリスさんは知っているのかな？　……その反応からすると理解してるんですね」

「私に言わせれば、なんで貴方《あなた》が知ってるのよ、なんだけど」

リュディのおっしゃる通りである。

「さっきも似たような事言ったが花邑家だからって事にしてくれ。それよりも皆。まず間違いなくこっちに来るだろうから準備をしておこう。相手の事も話さないと」

「そうね」

とリュディは大きく息をつく。そして話し始めた。

「作戦会議が必要だと思うのだけれど、まず前提としてここに封印されていた者の話をするわね」

「お願いします」

となみが言う。

「ここに封印されていたのはアークエルフよ」

「アークエルフですか？」

「ええ、禁忌の魔法を覚えたエルフの上位種ね。そして少し遠いけれど私も血縁なの。一応先祖よ」

先祖という言葉に先輩と結花が驚く。

「ご先祖様が何で封印されていたんですか？」

「ええ。そのアークエルフは……死者を操る『ネクロマンシー』という魔法を覚えた、『ネクロマンサー』だった。彼はそれを利用して、エルフを攫《さら》い奴隷としていた法国に戦いを挑んだ」

「エルフは見目麗しいですから、攫う者が絶えなかったようです」

とクラリスさんは補足する。

「法国が人間至上主義なのは今もだけど、昔はもっとひどかったらしいわ。それで法国に戦いを挑んだアークエルフなんだけど、彼はあまりにも強かった。ネクロマンシーが戦争で有用過ぎたの。あの法国が手も足も出ないぐらいに戦争で圧勝した」

まあ死者がどんどん味方になるような奴と戦ったら、対策無しで勝てるとは思えないな。

「法国は戦争が続くとまずいと思ったようね。それぐらい被害が大きかった。だから法国は皇国に和平を申し入れた。そして法国内に居るエルフ達を解放するとも言った。しかし問題があった」

「問題ですか？」

「アークエルフは解放では納得しなかった。思考が行き過ぎていたのよ。彼は法国と戦争を起こし、法国にいる者達を皆殺しにすべきと言った」

そう言ってリュディはため息をつく。

「それにエルフの民からの評判も悪かった。流石《さすが》にそれはやり過ぎだ、と言うような者や自分の邪魔になる者はたとえ知り合いだったとしても殺した。そして自分が操る駒にしていた」

思わず先輩は顔を伏せる。

「それは……言葉に表せないな」

「ええ。その頃にはアークエルフは自分を失いつつあったそうだわ。怒りや恨みといった負の感情ばかりが表に出て、自制心や優しさが失われていった。一つの暴走状態といっていいかしら」

「どうしてそのような事に？」

　ななみが聞く。

「そうなった原因はいくつか考えられるけれど、大きくはアークエルフに至った事と、ネクロマンシーの使いすぎだと言われている。最終的には何も話さなくなり、目につくもの全員を手当たり次第に攻撃してしまうようになった」

「なるほど……それで、その後はどうされたのですか？」

　ななみの言葉でリュディが続ける。

「それをまずいと思ったのは私やお父様の先祖であるエルフの皇帝。そして皇帝はそのアークエルフの兄でもあった」

「えっ!?」

　と結花が驚きの声を上げる。

「当時の皇帝はあまりにも危険な弟から、自国の民や弟以外の家族を守るために皇族に伝わる伝説の種族『ハイエルフ』に至ったの。そして王はハイエルフの力でアークエルフを殺そうとしたらしいのだけれど、あまりにも厄介で倒す事は出来なかった」

　ほぼリュディの言ったとおりだ。さらにこの件を補足するなら、ハイエルフの王がアークエルフを殺そうとした事で、アークエルフの心は完全に壊れた事だろう。

そして法国だけでなくエルフの国にも恨みを持ってしまう。アークエルフが復活してしまったら……。

「アークエルフは復活したら、手当たり次第にエルフや人を殺すだろうな。そして倒すのに時間が掛かれば掛かるほど、彼は仲間の数を増やしていき、本当に手が付けられなくなる。だから今倒すしかない。しないと皇国に甚大な被害が出るだろう」

再封印が出来ればいいのだが、ゲームでは皇国に伝わっていた特殊な道具を消費してなんとか出来たものだから、道具を準備出来ない今は不可能だろう。

そしてアークエルフは人やエルフだけでなく、死んだモンスターをも操る事が出来るし、最悪ゼロからゾンビを召喚する事も出来る。まあゼロから生み出したゾンビは弱いんだけど。

聖域で辺りのモンスターを操ったら、現皇帝のマルク陛下は対処出来なくなる可能性がある。そうなってしまったら俺達も手に負えないかもしれない。

だから陛下はすぐに戦いに行く事はせず、何かあった時用に聖域の前に軍を配備していると思われる。

とそこでクラリスさんが苦虫を噛《か》みつぶしたような表情で話し始める。

「皆様には一応お伝えした方がいいかと思い申し上げます。封印をしたハイエルフがリュディヴィーヌ様の先祖、そして。そのアークエルフの子孫が………その、ですね」

とクラリスさんは言葉を濁す。言いにくいのは理解出来るが、ここまで言ったらはっきり言ってしまった方が良い。あまり時間もない事だし。

「アネモーヌさんだ」

と俺から出た言葉にリュディとクラリスさん以外が驚く。彼女はただのエッチな発明家だと思っていただろう。俺だってゲームで彼女のルートを進めるまでは知らなかった。

彼女は辛い過去を持っているが、根本的にはその先祖のせいである。

それにしても、だ。

こんな事になるのならアネモーヌさんを連れてくれれば良かったかもしれない。彼女がいればもう少し戦いが楽になったのに。彼女は自分の先祖であるアークエルフについて詳しかったから。まあないものねだりをしても仕方ない。

「アークエルフの背景話はここまでにしよう。これで概要は話せただろうし、詳しく知りたいならここをなんとかして無事帰ってからだ」

ななみは賛同するように頷く。

「そうですね、リュディ様やアネモーヌ様のお話は大変興味深いですが、今は復活したと言われているアークエルフをどうするかを考えた方が建設的かと。このままでは皇国が危険です」

「そうだな、そちらに切り替えよう」

先輩の声に全員が頷く。

「ふむ。色々な話に発展したから軽く話をまとめる。この先に封印されていた者はアークエルフだ。そいつは死者を操るネクロマンシーを使うネクロマンサー。そして力を使いすぎて暴走状態になり、恨みのある法国だけでなく、手当たり次第に攻撃するようになってしまった。私達はそれをなんとかしないといけない」

と先輩は現状を綺麗《きれい》にまとめてくれた。

「個人的にはですけど、そもそもアークエルフって何なんですか？　って感じなんですけどね」

「厳密には違うんだがエルフの中でも特に力を持つ者の事、エルフの上位種みたいなものと今は納得してくれ」

クラリスさんは渋い顔をしている。あまりに俺が色々知っているから思う所があるんだろう。ただツッコミは無しで頼む。これからもっと詳しく話すからさらにツッコみたくなるのかもしれないけれど。

「まあ簡単に説明する」

アークエルフは自身の力を使ってとても強いバリアのようなモノを構築出来るんだ。

そのバリアはとても大きな力を与える事で破壊する事が出来るが、それには今の俺達では現実的ではないぐらいに強い力が必要。

そしてそのバリアを簡単に破るためには同じ力をぶつけるのが良い。封印する時も似たような事をして封印したから。

「同じ力って、アークエルフの力ですか？　そんな伝説的な存在………なるほどハイエルフの話がありましたね」

結花は勝手に納得する。そして視線をリュディに向けた。先輩も察したらしくリュディに視線を向ける。

「確かに私は血を引いているわ。だけどお父様でさえハイエルフの力を使えなかったのに私が出来るとは思えない…………でも」

「でも？」

「ここでなんとかしないと。私がどうにかしないと皇国が、リルやお母様、お父様が大変な事になるのは理解しているの」

「リュディヴィーヌ様……」

と、辛そうな表情で呟《つぶや》くクラリスさん。彼女がこの中で一番、内心複雑だと思う。

「クラリス。私は貴方に命令するわ、私と共に戦いなさい」

「もちろんです、リュディ様」

「そして皆にお願いがあるの。一緒に戦ってほしい」

そんなの聞かなくても分かっている事だろう。戦わないのなら、もう逃げているだろうし。

「当然ですよ」

「アークエルフでネクロマンサー。ふふふ、腕が鳴るな」

そう言って笑う先輩。

「本当にいいの？　本当に本当にいいの？」

とリュディがしつこく聞いてくる。

「ご主人様、ここは『うるさい口だ』と言ってチューするのが良いと聞いた事があります」

「ななみはいったいどこでそんな知識を得てくるんだ？」

もしチューで元気になるんだったら、いくらだってしてやるし、むしろ吸い付いたら離れたくない。いつも思うけど、どこでその変な情報仕入れてくるんだ？

「まあ、ななみ上な発言は兎《と》も角《かく》……リュディ」

「うん」

「皇国を守ろう」

「……うんっ、ありがとう」

と皆の気持ちが決まった所で。

「よし、じゃあそうと決まればすぐに作戦を立てよう」

と俺達はどう行動するかを話し合う。

バリアのせいでアークエルフへは直接ダメージを与えられない。倒すためにはハイエルフの力でそのバリアを壊さなければならない。

それが出来るのはリュディだけだ。だからリュディにはアークエルフに注力してもらう。

そして俺達はそれを守る。

「という事で俺達は基本的にリュディを守る。リュディはハイエルフに至り、バリアを壊す事に注力する」

「それが無難だな」

と先輩も納得する。でもそれだけじゃ駄目なんだよな。

「基本的にそれでいこうと思うんだけれど、一つ問題がある」

「問題？　なんですか？」

結花は首をかしげる。俺は、何で知ってるかのツッコミは後にしてくれ、と前置きをしてからそれを話す。

「アークエルフは戦闘になった時にゾンビの配下を召喚するんだが、その配下を少なくとも四人、出来れば五人残してほしい」

「なぜそんな事を？」

となななみが俺に言う。

「アークエルフは配下を操る事に自分のリソースを結構割いている。そのためバリアをする以外の行動を基本的に出来ないと思っていてくれ」

RPGとかによくある、特定条件下で動き出す敵キャラ、といえばいいだろうか。アークエルフは配下が減ると自分に使えるリソースが増え、自分も行動を始め攻撃してくる敵だった。

「アークエルフはめちゃくちゃ強い。少人数での戦闘なら配下がいない方が強い。だから自身に使えるリソースはすごく少なくしておきたい」

「つまり瀧音が言いたいのはこういう事か。私達は敵を五人まで減らしたら攻撃を耐える方向にシフトして――」

先輩はそこまで話して視線をリュディに向ける。

「――リュディがバリアを破壊してくれるのを待つ、そしてアークエルフを倒す」

「はい」

本当は敵の残りが四人でもいいが、何かの拍子で倒したらアークエルフが動き出すから保険を掛けて五人としている。まあこれはゲーム通りだったらの話だから、もしかしたら多数をネクロマンシーしながらバリバリ動く可能性もある。そしたら配下を先に倒して、アークエルフの猛攻に耐える方にシフトしなきゃな。

先輩は全員が頷《うなず》いたのを確認する。

「わかった、作戦はそれでいこう」

と話がまとまった時だった。

「話がまとまった所にごめんなさい。皆に一つお願いがあるの」

リュディはそう言った。

「お願い？」

「私がハイエルフへ覚醒出来なかったら、戦闘中でも私を置いて皆は逃げてほしいの」

「リュディさん……」

結花はリュディの名前を呟いた。

俺はリュディの肩をたたく。

「なに、幸助？」

「リュディなら絶対に覚醒出来るさ」

「でもお父様もハイエルフに覚醒しようと色々したのだけれど、それでも覚醒出来なかった。だから私だって覚醒出来ない可能性が高いと――」

彼女は不安で饒舌《じょうぜつ》になっているのだろうか。俺は話し続ける彼女を落ち着かせる。そして。

「お父様はお父様だ、リュディはリュディ。　俺はリュディ以上に出来そうな人を知らないよ」

「でも」

「でもじゃない。俺はリュディの事を知っているし。それにほら、陛下と違ってアレを食べただろ？」

「食べたって、何？　ラーメン？」

お前は本当にラーメンが大好きだな。違うって。

「『可能性の種』だよ。今リュディは可能性に満ちあふれている。だから絶対出来る」

まあ食べてなくても普通に出来るんだけどね。でもそう言っておけば出来そうな気がするし安心すると思う。プラシーボ効果ってマジであるし。

「攻撃は全部俺が受け止める。だからリュディは自分の事を考えていてくれ」

彼女はまだ不安げな顔のまま頷いた。

◇

それから少ししてアイツは現れた。俺達が行くまでもなく彼から此方《こちら》に来た。

「来たわね」

今まで感じていたのとはまた違った、禍々《まがまが》しい力だった。そいつを見て思った事は。

「うーん。イケメンのダークエルフだな」

エルフはずるいな。皆がイケメンで。俺もイケメンとして生まれたかったよ。

「イケメンですけど、私は近寄りたくありませんね。瀧音さんの方がギリっギリですけどマシです」

結花の言うとおりだ。あの纏《まと》うオーラはマジでヤバイ。もし恨み、怨念、怒りなんかをごちゃ混ぜにすればそうなるかもしれない。でもアレと比べてギリギリってなんか嫌だな。

「荒れ狂うような魔力だ。そして瀧音の言ったとおり、彼の周りにうっすらとバリアのようなモノが張られているのが分かる」

先輩は薙刀《なぎなた》を手に、真剣な表情で彼を見ている。

彼は此方に歩きながら、手を胸の前に持ってきて魔力をためる。そしてそれを振り下ろすと同時に、地面に黒い渦のようなモノが浮かび上がる。さあ召喚魔法だ。彼は召喚するゾンビを利用し、俺達を攻撃してくるだろう。さて、いつものゾンビ……あれ？

「あれ？」

思わず声が漏れる。

「瀧音さんに聞いていた話と違いますね。それに、あのですねぇ。なんと言いますか、すっっっごく見覚えがある者を連れてきている気がするんですが？」

「ええ。とても見覚えがあるわね」

「俺もだ。すごく見覚えがある」

そりゃそうだ。ついさっき戦ったばかりだからな。

「なんで邪神教信者、それも菱十字騎士団《ひしじゅうじ》が、ここに居るんですかね？」

本当にその通りだ。ゲームだったらよくわからんゾンビを召喚して戦うんだけど、邪神教信者が操られるだなんて聞いた事ないんだが。

まあ現実的に考えたら。

別働隊の信者達が復活させたアークエルフに殺された。

また俺達と戦っていた信者達もアークエルフと遭遇し敗北。

そして全員アークエルフの配下になった。

という流れかな？　それ以外考えられないし、筋が通ってるんだけど。お前ら何してんだよ、アホかよと言いたくなる。

「菱十字騎士団がアークエルフにちょっかい出して殺されたのはわかった、でも普通に困るんだよなぁ」

だって彼らはゾンビと比べたら明らかに格上だよね？

「作戦を変更して瀧音さん置いて皆で逃げますか？」

と結花が冗談を言うも。

「結花様の事です。そんな事を口にしながら最後までご主人様と共に戦われますよ」

ななみは結花が本当にしそうな事を言う。やっぱ結花はそうだよな。

「ありがとう、信じてたぜ」

心底嫌そうな顔をしている所が結花らしい。もし駄目だったら一緒に地獄まで行こう。結花と一緒ならどこもかしこも楽しそうだ。

「とはいえ逃げる事が出来ない戦いでもあるな。ここで逃したら敵はどんどん強くなっていくだろう」

先輩は自分に身体強化を掛けながらそう言った。

ネクロマンサーは基本的に死者を利用してどんどん強くなっていく敵だ。強い奴を操ればそのまま大きな戦力になるし、力が弱くとも数が多ければそれは数の暴力になる。味方が少ない今が一番戦いやすいのは間違いない。ここで逃げたら対処出来なくなる。

「まるで別人だな」

先輩は彼の周りに居る邪神教信者を見てそう言った。

先ほどの洗練された動きは見る影もなく、まるでゾンビのように脱力するというか、何かを引きずるというか、そんな動きをしている。

アークエルフが手をかざすと、邪神教信者達は一斉に此方へ攻めてきた。

先輩に攻撃していったのは、先ほどクラリスさんが戦っていた長剣と盾を持つ信者だった。長剣の信者が剣を振るのを先輩はギリギリで躱《かわ》す。そして攻撃せずその剣をいなすだけに止《とど》めた。それは相手の技術を確認しているかのようだった。

「力とスピードが上がっている、な」

「っ、操られているのではないのですか？」

とクラリスさんは疑問を口にする。どうしてそうなっているのかは結構単純だ。

「脳のリミットが外れているからですよ」

と俺が原因を教える。アークエルフは信者達の闘争本能を残しつつ、脳のリミットを外したのだ。昔リュディを助けるために戦ったオーガもそんな感じだった。オーガの場合は自動回復があったが、こいつらはそもそも死んでいるので体がどうなろうと別にいいんだろうな。

「敵は自滅攻撃をしてくる。そしてマタンゴの時のように相手は無敵ではないが、すごくしぶといので減らす時は注意して戦ってくれ」

と俺は皆に大声で教える。

「厄介だな」

先輩がそう言って長剣持ちの信者を押し返す。彼女はすぐに追撃も出来たが、それはしなかった。それはもう一人信者が来ていたからだ。

「凄《すさ》まじい力を持っていると推察出来る」

彼は先ほどは居なかった信者だ。ネクロマンサーを復活させた隊の信者であろう。先輩が凄まじいと言うのには理由がある。それは持つ武器がヤバイからだ。ただでさえ巨体の彼だが、持っていた大きな片刃の斧《おの》は五十インチのテレビぐらいの刃が付いていた。

「ダンジョンのボスって言われても信じられるわね」

とリュディはそいつを見て呟《つぶや》く。

元は熊の獣人だったのだろうか、身長は高く筋肉も俺とは比べものにならないほど多い。今の彼はその斧を引きずっているが、もちろん。

「簡単に持ち上げるよなぁ……」

斧を持った信者は勢いよく先輩に振り下ろす。

先輩は余裕を持って回避出来たかに思えた。しかし。

轟《とどろ》く破裂音。吹きすさぶ風。少し離れたリュディまで届く石つぶて。

「……嘘だろ？」

思わず呟いた。彼が斧を振り下ろした所がなんと爆発したのだ。

真横にいた先輩はその風圧と石つぶてに巻き込まれ、文字通り吹き飛ばされる。

彼女はすぐに体勢を立て直すと地面に着地し、大きく息をつきながらその斧持ち信者を見つめる。しかし様子をうかがってばかりもいられなかった。他にも信者がいるのだから。

今度は長剣が先輩に迫る。それもなんとか躱すと、先輩はさらに距離を取る。そんな時だった。先輩のフォローに行っていたクラリスさんが剣と盾持ちを引きつける。

またそれと同時に先ほどは居なかったダガー持ちの信者も同時に引きつけているのはすごい。守りに徹したら、俺と同等ぐらいの能力があるかもしれない。

そして先輩の方だが、彼女はやられてばかりではなかった。

先輩はなんと斧獣人以上の速さで動きつつ、先輩の中でも珍しいパワー系の技、水簾を斧獣人に使った。

キィーィィガキン、と金属と金属がぶつかり合う音が聞こえる。あまりに甲高く、あまりにうるさいその音は、まともに聞いてしまったら耳の鼓膜が破れそうだ。

「この技をもってして互角、か」

先輩は呟いた。

あんな華奢《きゃしゃ》で綺麗で美しくてカワイイ彼女が、あれほどの力を見せたのだ。相手は驚愕《きょうがく》して虜《とりこ》になって、俺が会長をしている水守雪音《みずもりゆきね》ファンクラブに入会してもいいと思う。

しかしながら彼は無表情だった。ただし息は荒くどこか興奮しているように見える。まあ先輩の容姿に興奮しているのではなく、ゾンビの本能から来る興奮だろうが。

「あーマジですか」

「結花、驚いている場合じゃないぞ。信者はまだ居るんだからな」

あの斧持ちに対抗しやすいのは先輩か俺だろう。どうしようか少し悩んだが先輩は俺を見ると顔と首で任せろの合図をした。

それから双剣持ちの信者に襲われるも、それは結花が引き受けてくれた。

そしてななみは奥にいる遠距離攻撃をする敵へ矢を放ち牽制《けんせい》する。

「ここまではなんとかなっているな」

皆がそれぞれの信者に対応しているのを確認し、リュディの近くへ移動する。そして此方に飛んでくる信者の魔法を第三の手で弾《はじ》き飛ばした。

そしてリュディの前に立ち、近寄ってきた槌《つち》持ちの信者に第三の手をたたき付ける。ここから先は誰一人として行かせない。

「ここから先は、リュディ次第だ」

場は整った。


―リュディ視点―


戦闘が始まってから十分ほど経過したが、私は焦っていた。それは私がハイエルフに至る事が出来ていないからだ。

もしかしたら実感していないだけで、すでに至っているかもしれないとアークエルフにいくつか魔法を使うも、彼のバリアは破壊出来ない。

「風も、雷も、光も、だめだったわね」

もちろん魔法を使いながら、根本的に無理だという事は理解していた。

「リュディ、焦るな」

幸助は私に近づいてそう言うも、無理だ。無理に決まっているじゃない。

だって、貴方《あなた》も見えているでしょう。

クラリスも結花ちゃんもななみも雪音さんも、皆が耐えていた。もちろん幸助もそうだ。

これ以上倒すとアークエルフが動く可能性があるから、倒す事が出来ずただ耐えていた。

体に幾つも幾つも傷を付けて耐えていた。雪音さんや結花ちゃんの綺麗な肌に赤い線が幾つも付くぐらいに。

その中で私だけ、私だけが何も出来ていなかった。

今はまだなんとか耐えているが、いつ誰が倒れるか分からない。遺跡の前で休憩したとはいえ、連戦に次ぐ連戦で皆疲れている。使える魔力の量も減っている。

それでも皆は必死に戦っていた。

焦るなと言われても、無理でしょう!

「リュディ!」

幸助の声で私は我に返る。気がつくと私に向かって魔法が飛んできている。それは杖《つえ》を持つ信者の魔法だった。

彼は私の前に割り込む。そしてストールを広げ攻撃を受け止めた。

あんな攻撃、普段なら簡単によけられたのに、私はぼーっとしていて……幸助は頰と腕に傷が出来ていた。

「ごめんなさい……」

「謝る必要はないさ。気にするな」

幸助は私の顔をじっと見る。そして何かを思い出したかのように話す。

「そうだ、リュディ。さっきアークエルフの話をしていたから知っていると思うが、アークエルフやハイエルフにどうやって至ったかの話って知っているか？」

それは。

「一応知っているけれど」

と私が言った時、ななみの声が響く。

「ご主人様、申し訳ございません。一人逃しました」

それはダガー持ちの奴だった。幸助は前に出ると第三の手で攻撃を防ぎ、第四の手で殴り飛ばした。そして追撃をするために前に詰める。

「どうやって、至ったかといわれても」

ハイエルフにどうやって至ったのかは、皇族に伝わっていた。

『血筋と才能を持った者が真に力を欲した時、至る事が出来る』

私は才能があるか分からないが、血は間違いなく繫《つな》がっているはずだ。それは聖域に入れた事でも証明出来る。ただ才能を持っているかは分からないが。

「アークエルフは……」

彼がどうやってアークエルフに至ったのか。さっき皆にアークエルフの事を話した時に言わなかったが、自分の思い人や友人らが、法国に連れ去られたからだとお父様に聞いた。アークエルフは貴族で権力を持っていたから、思い人だけは金を掛けて見つけ出し取り返す事が出来た。が、彼女はすでに亡くなっていた。

それで力を求めた。こんな事は許される事ではないと。他に攫われるエルフがまだいてそれらを守りたいと。どんなに汚い力でもいいからと。

そして彼は力を得た。

「アークエルフの目的は守る事や救う事だった。でもいつの間にか彼の周りには大切な人を奪われ復讐《ふくしゆう》を望む者達が溢《あふ》れた。そしてその人達と接するうちに法国全部が悪に見えた。それにネクロマンシーは自分の心に影を落としてしまう魔法でもあった」

結果、彼の心は壊れた。守る対象であるはずのエルフも、やり過ぎと言えば殺して戦力にするという、あまりにも行き過ぎた行為をしてしまった。それを止めるため、私の先祖が彼を封印する事になった。

そう考えると……。

「アークエルフの覚醒するきっかけは皆を守り救う事だった。そしてハイエルフになるきっかけもまた、アークエルフから皆を守るためだった」

もしハイエルフに至るために必要な事が、皆を守りたいと思う事だったら今の私も至れてもいいんじゃないか？

だって私には守りたい人がいる。どうしても守りたい人達がいる。

クラリス、雪音さん、ななみ、結花ちゃん。お母様、リル、お父様、皇国に住む皆。そして。

「幸助」

私は彼に視線を向ける。

彼は今も私に来る攻撃からすべてかばってくれていた。遠距離の魔法、槌持ち信者の攻撃、時たま飛んでくる弓。

私は彼に少し近づいて回復魔法を唱える。

「ありがとうリュディ…………ってどうした？　おいおいそんな顔をするなって。俺は大丈夫だ」

そう言って彼はまた私に向かって飛んでくる攻撃や、自分に攻撃してくる槌持ち信者の攻撃を防ぐ。

いつも彼は自分の事ではなく他人の事を考えてくれていた。多分今だって自分より私の事を心配してくれている。

そんな彼を私は守りたかった。でも現実は私は守られているだけ。ほら彼は今度は飛んできた矢を弾いてくれた。

なんで私は守れないの、なんで私は無力なの……。こんなにも守りたい人が居るのに。

彼の背中を見て思いはどんどん強くなっていく。


ああ、力が欲しい。狂おしいぐらいに彼を守りたい。


と、そんな時だった。

「えっ？」

私の中で何か蓋をされていたモノが開いたような気がしたのは。

「……りゅ、でぃ？」

彼は私を見て驚いた様子でそう呟《つぶや》いた。でも私も同じようなものだ。自分がどうなっているかが分からないから。

ただ自分の中から不思議な力が溢れてくるのは分かっていた。それは木陰に吹く優しい風のように、どこか心地好《よ》くて。それでいて自分の体を構成する要素のようで、不思議な力だった。

「リュディヴィーヌ様の体が、緑色の粒子に包まれている？」

「綺麗……」

そして私は何となくこれが、ハイエルフの力だと気がついた。そして使った事のない力であるはずなのに、どうすればいいのかが何となく分かった。

私は両手にその力を集約していく。

少しずつ少しずつ。

その力はだんだんと大きな奔流となっていくが、これじゃまだ足りないと直感が告げていた。もっと、もっと沢山の力を。もっと魔力を……。

「幸助」

「リュディ」

したい事を言わなくても、彼は分かってくれた。

触れる幸助の手。そこから流れてくる大きな……とても大きな魔力。それは私の内部で変換されて、やがて両手に集約されていく。

「ありがとう幸助」

彼は手を離すと今度は自分の刀の鞘《さや》に魔力を集め始める。そして自分のストールをバネのように畳むと、自身はしゃがみストールを地面につける。

彼が何をしようとしているかは、手に取るように分かった。一気に近づいて倒すつもりなのだ。しかしそれをするには前提条件がある。私がアークエルフのバリアを破壊する事

だ。

そんな時だった。ここに居る信者達が私に向かってきたのは。しかし。

「あっれー、良いんですかぁ背中向けちゃって」

「リュディヴィーヌ様！」

「射的は得意です」

結花ちゃんやクラリスやななみが。そして。

「リュディには指一本触れさせせん」

雪音さんが私を守るために立ちはだかる。

「ありがとう、皆」

さあ、皆が守ってくれている。私がここで決めなければならない。私は両腕にためた力を頭上に持って行きそれを合わせる。そして。

「貫いて！」

それを放った。極限まで圧縮し威力を高めた竜巻がアークエルフのバリアにぶつかる。

しかしアークエルフのバリアは壊れる様子がない。

だけどアークエルフの顔が、ここで初めて変化した。それは信じられないモノを見るような表情になっていたのだ。

それを見て私は魔力を絞り出しながら、攻撃を続ける。

そして守りたい皆の顔を思い出す。

「ああ」

お父様、お母様、リル、お姉様、クラリス、皇国の民達。

「うううっ」

結花ちゃん、雪音さん、ななみ………そして幸助っ。

「うぅ、うううううぅぁあああああああ！」

バリン、と大きなガラスが割れるような音がした。しかし私の魔法は、そこまでだった。私は破るだけで精一杯だった。あとちょっとだった。あとちょっとだったのに。もう少し延びていれば、届いていた。

でも。大丈夫。だって私は届いていなくとも。

「最高だぜリュディ、後は任せろ」

幸助が届くから。幸助が届けてくれるから。

彼はストールで勢いよく地面を蹴り、アークエルフに向かって跳んでいく。それはまるでバネで飛びだしたかのようだった。

「後はお願い、幸助」

アークエルフはバリアを維持しなくなったため、攻撃するためのリソースが出来たのだろう。

幸助の前にいくつかの魔法を放つが、幸助は一度地面に降り立ち回避し、避けきれないモノはストールで弾き、どんどんアークエルフに近づいていく。

幸助がアークエルフの攻撃にあまりに綺麗《きれい》に対処するものだから、未来が見えているのかと錯覚するほどだった。

もうどこに魔法を放っても彼には当たらないだろう。そう思うほど彼の動きは凄《すさ》まじかった。これはいつものスイッチが入った幸助だ。あの状態になった幸助はもう誰にも止められない。

アークエルフは目の前まで来た幸助に魔法を放とうとしたのだろう。ギロチンのような形をした漆黒の刃が、幸助の前に浮かぶ。

しかし彼は止まらない。彼にはそんな魔法は障害ではなかった。

「瞬く間に終わらせる」

私には彼の太刀筋は見えなかった。

彼の鞘が光り輝くのと同時に、刀は振り抜かれていた。アークエルフは魔法ごと切り裂かれていた。

私は魔素に変わり始めたアークエルフの側に近づく。

アークエルフが敵味方の死体を操り、皇国で暴れた事は確かに悪い。でも、彼は誰よりも国民やエルフの事を考えていたのかもしれない。

今の私が皆を守りたいと思ったように。

彼がいなかったら、法国はエルフを攫《さら》い続けていただろうから。

「貴方《あなた》の守りたかった皇国やエルフ達は、貴方のおかげで守れたわ」

彼に伝わっていないかもしれない。けれど、私はどうしても言いたかった。

「ありがとう。未来は今のエルフ達に任せて、ゆっくり休んで」

八章　配信バトル

▶ » « CONFIG

Magical Explorer
Reincarnated as a Eroge Hero's Friend, I'll live freely with my Eroge knowledge.

バタリと倒れる。限界だった。

「大丈夫、幸助《こうすけ》？」

そのリュディの姿を見て。

「なんか今日は一段と綺麗《きれい》に見えるな」

「薄汚れてるわよ、ばか。でもありがとう」

そう言って彼女は笑った。それからすぐに皆も俺に近づいてくる。

「ご主人様、大丈夫ですか？　これは……」

と彼女は俺のおでこに手を当てる。そしてその手を見つめてクンクンと臭いを嗅いだ。

「…………透明ながら粘度のある滴、この光の透過率、触れる物を溶かしそうな感じ、オークですらむせび泣くような臭い、もしや……汗？」

「化学兵器かな？」

ぜんぜん『もしや』から繋《つな》がらないんだよなぁ。オークがむせび泣くって何だよ、世界征服狙えそう。

「急いで処置をしないといけませんね、結花《ゆいか》様舐《な》めてください」

「なんでそんな前置きをしたのに舐めさせるんですか？　せめて自分で舐めてください」

「舐める処置とはどういう事だろうか？　少し気になるな」

先輩は疲れているんですか？　一番頑張っていたのは先輩ですもんね。ただ舐めたいなら止めません、仕方ありませんね。是非お願いします。

とそんな時だった。

俺達の真上に大きな魔法陣が浮かび上がったのは。

それを見てふと思い出す。

あ、やばい。

先輩、リュディ、クラリスさんは驚いて警戒している様子だったが、結花とななみは俺の表情を見て察したようだ。

「楽しみですね、結花様」

「嘘だと言ってくれませんかね」

となるみと結花が察しているように、これはエロイベントである。それも色んな意味でハードなエロイベントである。

「っ！　リュディが危険だ」

俺はすぐにリュディの所へ向かう。するとリュディの足下に魔法陣が浮かび上がる。

「リュディ！」

と、俺は急いでリュディに近づくと第三の手でリュディの体を引っ張る。しかし俺は止まりきれなかった。少しだけその魔法陣に入ってしまった。

すると魔法陣から太い手が伸びる。それは俺を摑《つか》むと魔法陣の中に引きずり込んだ。

ああ、あの役が俺で良かった、最悪を免れた。と俺は苦笑しながら、驚いた表情のリュディを見る。そしてすぐに視界は光の粒子でいっぱいになった。

これから俺はあそこに連れて行かれるんだろう。

しかし俺は気がつかなかった。俺がリュディを引っ張った場所にも転移魔法陣が浮かんでいた事に。

◇

とてもいい匂いがした。

どこかで嗅いだ事があるような、甘ったるさがあるが、心地よい匂いだ。この香りは……………？

そしてゆっくりと頭が覚醒し、目を開く。

「おわぁああああああ！」

心臓が止まるかと思った。目の前にオークが居たのだ。それも顔を近づけてブヒブヒ言って居るではないか。

俺はすぐにこの場を離れようと、体を動かすも、ガチリ、と何かが腕と足を押さえているようで動けない。これはAVとかエロ漫画でよく見る……拘束具？　しかも何だ俺の格好。パンツが一枚に、よく分からないベルト？　ほぼ裸ベルト!?

「くっ、何だこれは」

と俺は辺りを見る。

全体的に赤を基調とした部屋と言えば良いだろうか。俺の横にはキャスターが付いた棚があり、その上には鳥の羽、蠟燭《ろうそく》、鞭《むち》、猿ぐつわ、そしてマッサージ器のくせにマッサージ以外で使われているとこしか見た事が無い器具、ボールが幾つも連結していて尻に入ってそうな奴、さらには男を連想させる直接的な棒までも存在している。

そしてさらにその隣にはM字に足を開きながら体を固定出来るベッドや、三角木馬のようなモノもある。

また目の前には三脚に載ったカメラに、その横に高級そうなマイク。さらには照明が当てられている。

と、そんな俺を見ながらブヒブヒ笑うオーク。それも一人ではなかった。四匹。フレームレス丸メガネオーク、超デブオーク、筋肉質オーク、眼帯をして右手に包帯を巻いて壁により掛かりクールな顔をしている痛いオーク。多種多様？　な四匹のオークが居た。

そのオーク達はどういうわけか黒いエナメル質でトゲトゲのついた、お前はもう死んでいるって言っちゃいそうな服を着ており、なぜかロープや蠟燭を手に持っている。

頭がぼうっとする俺だったが、ようやく状況を理解した。

これはエロイベントである。

基本的にエロゲというのは活躍した人やイベントがあった人が、エロダンジョンやらエロトラップなどのイベントに巻き込まれる事が多い。そもそもそれはゲームをプレイするユーザーも求めている事だ。

つまりリュディが覚醒したんだから、リュディが色んな意味で覚醒するのは当然である。シナリオライターの名采配でエロダンジョンの標的になるリュディだが、俺はなんとかリュディを助ける事が出来たのだと安堵《あんど》する。それにしても。

「オーク、ね」

『エルフ』といえばナニを想像するだろうか？　それは美人、長命、耳長とかが一般的だと思う。しかしエロゲ界においてはちょっと特殊で、一般的なエルフの特徴と共にオークを一緒に思いつく層が結構いると思っている。まあエロゲ会社を想像する層もいるだろうが。

簡単に言えばだ。少年漫画には友情、努力、勝利があるように、エロゲにはエルフ、オーク、クッ殺せが王道として存在しているという事だ（諸説あり）。

だからこの場にオークがいる事は自然な事だ。そして本来ならばリュディがここで捕らえられるのだが、俺が捕らえられた事でイベントが変わってしまったらしい。

おちつけ。とりあえずゲームでの事を思い出し、今後どうなるか予想しよう。

このエロイベントはゲームでは二つに分岐するイベントだ。

①リュディは捕らえられてしまい、オークにエッチな事をされかける。それを助けるために仲間とえちえちな事をする
②リュディが捕らえられ、ついでに伊織《いおり》も捕らえられる。そして伊織は操られ、リュディにエッチなＳＭプレイをして、仲間達に助けて貰《もら》うのを待つ

の二パターンだ。今回俺が捕まった事で、俺がオークに『アーッ』な事をされるイベントに変わってしまったのだと予想する。……果たして助けは来るのか。

ん、待てよ。て事はだ。クンクンッ！　このイベント中に発生する匂いはっ⁉

「ほう、気がついたか。アルルーナの蜜を加工した媚薬《びやく》の香はどうだ？」

そう言うのはオークのくせに丸メガネを掛けたインテリっぽい奴だった。クソっ、やは

り媚薬だったか。ゲームではアルルーナではなくアルルーンだったが、俺に合わせたのだろう。

彼は俺に近づくとごつい手で俺の顎をクイとあげる。嫌な絵面である。

多分だがインテリオークは自分にもアルルーナの蜜を振りかけていると思う。彼に近づくとより強い匂いが俺の鼻から入ってくる感覚がした。

「お前はこれからどうなるか、理解出来るか？」

とニヤニヤしながら話すインテリオーク。

「ヘヘッ」

とインテリオークの後ろから下卑た笑い声が聞こえる。彼らは例外なく大切な所を大きくもっこりさせていた。

それを見て自分の頬を汗が伝う。そんなの理解しているに決まっている。

「くっ、殺せ」

ちなみに全オークがビンビンだが、誰よりもビンビンでギンギンなのは壁により掛かったクールな眼帯オークである。お前は今からムッツリ中二オークな。

「ブッヒッヒッヒ、まあ俺様達がヤってもいいのだがな、お前にはもっと大きな絶望を与えてやろう。今回はトクベツにヤバい方を用意している」

え、と俺は視線を壁際に向ける。あのムッツリオークよりもさらにヤバい奴だと⁉

一体どんな奴が来るというのだ。だけど、一つ言える事がある。俺は、俺は……！

「俺はどんな事があってもクッしない！」

「ブヒィッヒッヒッヒッヒッ!!」

と周りのオークが笑い出す。あのムッツリオークだけは「クックックックッ」と一人だけ変態度高い。とてつもない共感性羞恥で見ていられない。

「いつまで強気でいられるかな……先生お願いします」

インテリがそう言うと、カツカツと音を立てながら、一人のエルフが部屋に入ってくる。

「えっ？」

それは見覚えがあるエルフだった。しかし彼女はそんな表情で、そんな格好をするエルフではなかった。

彼女は黒いえちえちハイレグのボンデージを着用し、ゴミを見るかのように、俺に冷たい視線を浴びせる。そしてインテリオークの鞭を受け取ると、ピシャンと床を叩《たた》いた。

「りゅ、リュディ？」

「リュディ、じゃないわ」

現れたのはリュディだった。

「リュディ女王様、よ」

そう言って彼女はにやりと笑う。

―結花視点―


普通に考えたら助けに行かなければならないだろう。

リュディさんの足下に転移魔法陣が浮かんだと思ったら、瀧音《たきおと》さんがかばって転移していったからだ。

でも同時にほっといていいんじゃないかとも思った。

「リュディヴィーヌ様！」

しかし残念な事にそうも言ってられなくなった。瀧音さんが助けたリュディさんだったが、すぐに現れた二つ目の魔法陣によってどこかへ転移してしまったから。

そして二人を飲み込んだ二つの魔法陣は、この場から消失する。そして替わりとばかりに、新たな転移魔法陣が生み出された。それを見て私は心の中がスッと冷めた。

しかし私の内心とは裏腹にクラリスさんはとても焦っていた。それも仕方ない。彼女は事情を知らないのだから。この世には異常なダンジョンが幾つもあるって事を。

「今すぐに行きましょう！」

クラリスさんは今にでも転移魔法陣に飛び込みそうだった。

しかし私はあまり行きたくなかった。瀧音さんの顔は、クソみたいな恥ずかしいダンジョンへ行く前の『あ、ヤバい』って顔だったから。ななみさんもそれだと確信しているようだし。まあ。

「リュディさんがいるなら、行かざるを得ませんね……」

覚悟を決めるしかなさそうだった。

「腕が鳴りますね」

そして私達の反応を見て色々察したのだろう雪音《ゆきね》さんは、

「……行こう」

苦笑しながら魔法陣の中に入る。

私達が魔法陣に入った先にあったのは、配信部屋のような場所だった。

「ここは、一体………！」

「配信部屋、ですかね」

大きなディスプレイがいくつか。カメラがいくつか。マイクなんかも設置されているし、照明なんかもある。嫌すぎて吐き気がこみ上げてきた。

初めてだから仕方ないのだが、クラリスさんはとても動揺していた。無理もない。ダンジョンへ繋《つな》がると思っていたらこんな阿呆《あほ》な部屋に来てしまったんだから。

ななみさんは勝手知ったるかのように歩いて魔具を操作し始める。

私は雪音さんとクラリスさんと共に辺りを確認する事にした。うん、見れば見るほどどこかのスタジオだ。

「皆様、此方《こちら》にも部屋があります」

とクラリスさんはドアを開けて別の部屋に進んでいく。私と雪音さんも彼女についていきその部屋に入った。

「服に箪笥《たんす》……ここは倉庫か？　いや、化粧台のような物もある。それに冷蔵庫？」

雪音さんはその部屋全体を見てそう言った。私はその部屋に掛かっていた服を見て思わずため息をつく。　いつも通りというか何というか。

前を歩くクラリスさんはまだ気がついていないが、それは時間の問題だろう。

「こんなにも服が……って、えっ？」

クラリスさんは目を細め、ハンガーラックにある服を手に取る。彼女が手に取ったのはスクール水着だった。また学校の制服、チアリーダー、警察官、サキュバス、天使、水着なんでも揃っているようだった。しかも全部きわどい服ばかりときた。

私はハンガーラックの近くにあった箪笥の引き出しを引っ張る。サングラス、ウィッグ、赤いフレームの伊達メガネ、タコの足、先割れの鞭、獣耳。ナニに使うんでしょうかねぇ。

「大変です、皆様。急いで此方へ来てください！」

となみさんの声が聞こえ、私達は急いでななみさんの下へ向かう。

どうやら起動させる事に成功したのだろう。ディスプレイの一つに映像が映し出されていた。そこにいたのは瀧音さんと幾人かのオークだった。

『くっ、殺せ』

そこは誰がどう見てもSM部屋だった。その中心でXな感じに拘束されている瀧音さん、そして気持ち悪い格好をしているオーク達が周りを囲んでいる。

「瀧音様！」

クラリスさんは慌てた様子で叫ぶ。

「くっ、瀧音様を離しなさい！　彼に何かをしたら皇国エルフ軍が、生きている事を後悔させますよ！」

「落ち着いてくださいクラリス様。此方の声は聞こえていないようです。ああ、ご主人様！　くっ、なんて卑劣な……！」

ななみさんがそんな事を言うからクラリスさんはさらに焦ってしまっている。間違いなくななみさんは分かって遊んでる。

「ああ、瀧音様……一体どうすれば」

彼女は経験が少ないのだろう。いやその言い方だと変に聞こえるかも。エッチなダンジョンに慣れていない。うーんどう言っても駄目じゃないですかね。

まあいいや、と私は雪音さんの側に行く。

「私は茶番にしか見えないんですが、どう思いますか？」

「……一応瀧音は本当に嫌そうな顔をしているな」

雪音さんは茶番を否定しなかった。

「まああの状況なら本当に嫌そうですよね。なんか変な事されそうですし」

「しかし、リュディがいない事が少し気になるな」

「確かにそうなんですよね。もし此方側にリュディさんがいたら間違いなくこの場から逃げていたんですが、って扉が開いて誰か出てきましたよ……アレはリュディさん？」

映し出されたのは間違いない、リュディさんだ。なぜ一瞬アレがリュディさんか確信が持てなかったのかというと、彼女はＳＭ嬢のような格好をしていたからだ。

「リュディヴィーヌ様、リュディヴィーヌ様！　なんて格好を。リュディヴィーヌ様！　聞こえないのですか？」

「ダメです、クラリス様。やはり此方の声は聞こえていません。それに以前私はメスガキになった事があるので分かりますが、リュディ様は操られているようですね」

「め、メスガキ？」

とクラリスさんは混乱する。

「とりあえずリュディ様は操られていると思ってください。それにしても。くぅっ、あんな格好をさせられて、お労《いたわ》しや」

とそんな時だった。一人のインテリっぽいメガネオークがディスプレイに近づいて来た。まあ瀧音さん側から見ればカメラに近づいているのだと思うが。

「ほう、この配信に繋げられる奴がいたとは。しかし接続が不完全のようだな。おい、こっちと繋げてやれ」

とメガネオークが言うと、筋肉オークが何かを操作し始める。するとこちらのカメラの一つに緑のランプが付いた。多分何かしらが起動したのだろう。

『結花、皆!?』

どうやらあちらには私達の映像が映し出されているらしい。

「大丈夫ですか、ご主人様！」

『まだ、なんとかな』

とそこでクラリスさんが前に出る。

「おい、オーク共。お前達は何をしているのか分かってるのか!?」

一人だけ熱量が違う。まあ知らないから仕方ないんですけれど。

『へへ、分かってるぜ』

「くっ、お前達が何をしようとしているかは知らないが、一つ言える事がある。瀧音様は決して屈しないぞ！　お前らと違って高貴な心を持っているんだから！」

あっ瀧音さん目が泳ぎました。『高貴な心』で勢いよく目が泳ぎました。どーせ心当たり有りまくりなんでしょうね。

『それはどうかな？　やれっ』

とインテリオークが言うとリュディさんは瀧音さんに鞭《むち》を振るう。

『んあっ！』

瀧音さんから変な声が漏れる。

それを見たクラリスさんは、ギリ、と歯ぎしりをして画面を睨《にら》んだ。

「くっ、卑怯《ひきょう》だぞ……！　此方に来て正々堂々戦え！」

クラリスさんがそう言うと「そうだそうだー！」となな みさんが煽《あお》る。

『ブィィヒィヒッヒッヒッヒッ』

あ、瀧音さんにオークのつば飛んでる。えずいてる。臭そう。ていうかオークの高笑いってあんな感じなんですね。

『お前らこいつを助けたいのか、ん？』

「当然だ！」

個人的には結構です……。チーム内でも温度差が激しいと思う。

『ならば、チャンスを与えよう。おいっ』

とインテリオークがそう言って筋肉オークに合図する。すると筋肉オークは近くにあったパネルのような物に触れた。

『ブヒィッ、お前ら、別のディスプレイを見てみろっ』

「別のディスプレイだと…………な、何だこれはっ！」

クラリスさんがそのディスプレイを見て驚愕《きょうがく》した声を上げる。映し出されていたのは。

「私達の姿に、動画共有サイトっぽいやつ？　でも、何かがちょっと違うような？」

見た目は動画共有サイトなんですけど、視聴者数が見えないんですよね。代わりにコメント欄らしき所と、総合評価ポイントという謎のポイントがあります。

「くっ、これは何なんだ、何が目的だっ」

とクラリスさんが聞くと、デブオークがブヒブヒ笑う。

『見ての通り俺達は動画配信が得意なオークだ』

「うむ、全くわからなかった」

と雪音さんはバッサリ切り捨てる。私もお笑い芸人かと思いましたよ。個性が立ってるじゃないですか。『メガネインテリオーク』、『筋肉オーク』、『デブオーク』、『眼帯包帯アイタタ勘違い瀧音さんに一番ヤバい視線送ってるムッツリオーク』ですよ？

『もしお前らが俺達より面白い動画を配信出来たら、この男を助けてやる』

つぷひぃーひっひっひと笑うオーク達。うーん汚い。

「まて、リュディ様はどうなる」

『この女か？　男は兎《と》も角《かく》こいつは飾りみたいな者だ。終わったらすぐに解放してやる』

と今度はデブオークが話し始める。

『ただし、此方だけが賭けるのは、おかしい。そう思わんか。我は思う』

と痛いムッツリオークが話を続ける。その言葉を引き継いだのは、

『だからお前達が負けたら罰ゲームをしてもらう』

インテリオークだった。

「罰ゲームとはなんだ？」

雪音さんが聞くとデブオークが笑う。

『聞いて驚くなよ？　とーっても恥ずかしい配信さ、ぶーひっひっひっひ！』

『ブフィ、逃げてもぉぉぉイイんだぜぇぇえい！　そしたらお前らは解放してやる。この男は……ぶひぃっひっひっひ！』

と筋肉オークは言う。

なるほど。そこは解放して貰《もら》えるんですね。ただ瀧音さんとリュディさん……ん？　リュディさん？

「あの、逃げる場合はリュディさんはどうなるんですか？」

『おい、バカ止めろ！』

『うるせぇ、お前は黙っていろっ！　やれっ！』

とデブオークが言うとリュディさんは瀧音さんに鞭を振るう。

『うるさいのよ！』

『おおんっ！』

「ご主人様っ！　くぅぅ、操られているのがリュディ様ではなく私でしたら、もっと腰を入れて叩《たた》くのに……！」

『おい、ななみぃぃ。そこは口だけでもご主人様と位置を代えたがるだろ！　なんで鞭叩いてるリュディと代わりたがってるんだよ！　ふざけんな！』

『黙りなさい』

とリュディさんが鞭を振るう。そしてまたなんとも言えない表情を浮かべる瀧音さん。

インテリオークはその様子を見ながら笑う。そして。

『まあ俺らがヤってもいいからな、話を受けなくてもこのエルフは帰してやってもいい。ブヒヒ、男は……殺しはしないが色々覚悟するんだな』

なるほど。とりあえず。

「タイム、作戦会議」

と言って私は後ろを振り向き皆を集めた。私の結論は。

「チャレンジはせずに、リュディさんを連れて先に帰りましょう」

当然です。リスクが大きすぎます。今なら瀧音さんの犠牲だけですみます。それに死ぬ事は無いのは間違いないっぽいですし。もし生死に関わるんでしたら頑張りますよ？でもこんなの逃げるしかないじゃないですか。

「結花様、それはちょっと……」

「気持ちは少し分かるが、私はやっぱり瀧音が心配だ」

「私は面白ければ何でもイイですね」

『おいバカ聞こえてるぞアホ結花、人でなし！』

予想はしていたが、助けようという意見が多数ですね。

「だって相手はスペシャリストですよ？　被害が増えるだけじゃないですか」

と私は説得を試みる。このままでは勝てません、全員恥ずかしくなるなら一人で被害を食い止めてください。瀧音さんなら最終的に理解してくれるは――

『ならハンデをやってもいいぞ』

――ってはぁあああああ!?　ふざけないでください。なんでオークが急に妥協案を持ってくるんですか！

「なに！」

私が何か言う前にクラリスさんが反応する。

「ハンデですか？」

となたみさんが尋ねる。

『俺達は一日で五十三万ポイントも稼いだ事があるからな。ベロォン』

くっ舌なめずりがマジでキモい。アイツらに何かされる可能性を考えたら絶対瀧音さんを生け贄《いにえ》にして逃げた方がいいじゃないですか！　こんなアホみたいな挑発に誰が乗るもんですか。

『俺達オークは強すぎるからな、動画に出るのはこの二人だけにしてやる！』

とオークは瀧音さんとリュディさんを見る。

「私どもをコケにして。皆様、やってやりましょう」

となみさんがすぐに乗る。ああ、こっちの方が楽しそうだと思ったんだろう。すると横にいたクラリスさんは頷《うなず》いた。

「そうですね、ここまで言われたからには挑戦に乗らざるを得ません！」

あーもうだめです。どうやっても逃げる方に持って行けない……。

「もうどうにでもなってください」

『ふふ、その余裕がいつまで持つかな。此方《こちら》には女王がいるからな』

とインテリオークは言う。まあSな女王ですけどね。

そーいえばリュディさんって皇女だからある意味女王に近いですね、なんて現実逃避をしてもこの状況は変わんないんですけど、とりあえず現実逃避したいです。

「確かにご主人様は兎も角、リュディ様は強烈です。しかし此方にだって真の妹がいらっしゃいますからね」

『真の妹、だとっ！』

とムッツリ中二病が驚愕の声を上げる。

「そうです、真の妹です、言ってやってください、結花様！」

「もう好きにしてください。どうでもいいです」

『俺達などアウトオブガンチューって事かよ。チッ。ケチが付いたぜ』

さっきからうるさいんですよムッツリ中二病。

『真の妹と女王。面白くなってきたブヒ』

◇

という事で悲しい事に動画配信バトルが決定致しました。

ルールと機材操作を簡単に説明されましたが、機材操作の方はななみさんが即動かしてましたので大丈夫でしょう。

問題はルールです。

配信するというのに、普通に視聴する者はいないっぽいです。替わりにその配信を即座に分析しポイント化する『なんちゃらAI』が備わっているとか。どうでも良くて正式名称は忘れました。そのなんちゃらAIはどうやら視聴者コメントを書く事も出来るらしく、最大何万人分同時に書き込めるらしいです。それを聞いてななみさんが驚愕していました。

そして勝利条件は、一時間後の私達の配信ポイントがリュディさん達の配信ポイントを超えれば良いとなりました。

とどのつまり。

「他の人に見られる事は無いですし、私達は気にせずバズりそうな動画配信をしていれば良い、それだけです」

となみさんはまとめる。私達以外に見られる事無く、配信バトルが出来るのが唯一の救いでしょうか。

結局個性豊かなオーク達は動画配信に参加せず、瀧音さんとリュディさんが配信を行うらしい。オーク達は役立たずそうなので帰って貰ってイイですかね？

ただオークは皆瀧音さんに興味があるらしく、私達とリュディさんに関してはアイツ曰《いわ》く『アウトオブガンチュー』っぽいです。

てかあのムッツリ中二病が何かしゃべるたびに瀧音さんが複雑そうな顔をしているんですが、共感性羞恥ですかね？　まさか、ですよね？

まあ今は配信の事を考えましょう。

「さて、どうすればいいと思う？　私は門外漢だから何か出来るとは思えないのだが」

と雪音さんが話す。私もそうですよ、クラリスさんも不安そうだ。でも配信準備時間は少ないから、どうするかを早く考えたいのでしょう。

手を上げたのはななみさんだった。

「ななみチャンネルを運営している私からよろしいでしょうか」

あー嫌な予感がする。でも確かに実績はあるんですよねぇ。むしろ一番出来そう。

「こういったバトルをした事はないのですが、とりあえず視聴者層を確認する事が重要ではないかと」

「視聴者層ですか？」

とクラリスさんが尋ねる。

「はい。視聴者層は軽視してはいけない重要な物です。六十代以上の男性に対して『コスメ』の動画を見せて喜ぶと思いますか？　『人生一発逆転出来る・年金でＦＸ投資』といった動画の方がまだ伸びます」

「そんな動画を見ている六十代以上はなんか嫌だぞ」

雪音さんの言うとおりです、いずれ破産しそうですね。

「ですから各々が一発芸や特技などでどれくらいポイントが上下するかを確認しましょう」

となななみさんが言うとクラリスさんが頷く。

「どういった事をすればいいかの系統が分かりそうですね」

「そうです。ちなみにですが、普段はどんな動画や配信を見てらっしゃいますか？」

「私は基本的にあまり見ないが……戦闘系や瀧音がよくおすすめしてくれる動画を見ているな」

と雪音さん。

「私は基本コスメとかネイルとか……あとはゲームとかアニメなんかも見ますけど」

コスメとかはリュディさんも一緒に見ているんですけど、リュディさんすっぴんでも美人過ぎるんですよねぇ。あ、雪音さんクラリスさんななみさんもか。

「わ、私はその」

とクラリスさんは言いよどむ。

「クラリス様、申し上げにくいのなら」

「いえ、そうでは無くてですね……その恥ずかしいというか」

そう言ってクラリスさんは顔を赤らめる。

「ね、猫とか兎とか、動物です」

「なんだ、別に普通じゃないですか。気にしないでください」

と私はフォローする。まあよくありますよね。

「ありがとうございます、理解しました。なかなか利用出来そうですね……！」

と言いながらななみさんは時計を確認する。残念な事にもう少しで始まってしまう。

「とりあえず、さきほど私が申し上げたように視聴者層を確認しましょう。オーク達はその評価システムをＳＥＡＩと言っていました。ＳＥＡＩがどういう物か分かれば……ＡＩは人工知能（アーティフィシャル・インテリジェンス）で間違いないと思うのですが」

SEってシステム・エンジニアですかね。もしくはサウンド・エフェクト？

「まあ考えてもよく分からないのでやってみましょう。一発芸や特技でしたね？」

ななみさんは頷く。

「誰から行きますか？」

と私が言うと皆で顔を見合わせる。

「私は最後に行かせて頂きたいと思っています」

そう言うのはななみさんだ。

「皆様の様子を見て、予測を立てつつ実験をしたいなと」

そうなるとななみさんが最後になる。うーん、これはさっさと行っておいた方が良さそうな気がしますね。てへ失敗しちゃいました、が通用しそうな気がする。

「私が行きますね」

と私はカメラに向かって歩いて行く。そして。配信バトルが始まった。

コメント欄も稼働したようで、【期待】【ご飯まだ？】【めっちゃ美少女、かわいいw】

など文字が流れていく。

「回復魔法を使います！」

そう言って回復魔法を使う。うーんあんまりポイントが付きませんね。

「てへー失敗しちゃいました」

と私が戻るとななみさんがこれ見よがしに大きくため息をついた。

「結花様、あの体たらくはひどすぎます。女子学生でなくおっさんでしたらゼロポイントでしたね。真面目にやっていらっしゃるんですか？」

「女子学生でポイント結構入るんですね」

コメント欄は確かに私を褒めている者が多いように見える。てかななみさんはおっさんに厳しすぎないですか？

「あまりにもひどいので次は私が言うようにやっていただく事を検討しております」

「ちょっ、ちょっと待ってください、なんでですか⁉」

ななみさんのって、ずぇえええええったい嫌な奴じゃないですか。やりたくありませんよ。

「まあまあ、落ち着くんだ結花。とりあえず私も行って来る」

ななみさんがお願いしますと言うと、雪音さんは部屋にあった鉄パイプを手に持ち、カメラの前に歩いて行った。

…………ん、鉄パイプ？

「結花さん、見てください、ご主人様が！」

となななみさんに言われ、私は鉄パイプを一旦頭の隅に。そして対戦相手の状況が映し出されていたディスプレイを見る。

そこには目をとろんとさせたリュディさんが赤い蠟燭《ろうそく》を手に持ち、瀧音さんに垂らしている様子が映し出されていた。瀧音さんに垂れるたび、彼は暴れているようだが……。

「リュディ様が操られて、あんな事をっ！　瀧音様も苦しそうだ」

と悔しそうにクラリスさんは言う。確かに苦しんでいるような表情ですが、私はどこか悦《よろこ》んでいるようにも見えるんですよね。あと操られているせいなんですけど、リュディさんの表情がだんだん妖艶になってきました。

「いきなり必殺技を使ってきましたね……！」

となまみさんはよく分からない事を言う。正直あっちのＳＭ部屋にあるモノを使うのは全部必殺技になりそうな気がする。

「え、もう二十万ポイントですか？　しかもまだ増えてる⁉」

と私の獲得したポイントを見る。うーん三千ポイントしか入ってませんね。

それからリュディさんに嬲《なぶ》られる瀧音さんを見ていたが、どうやら雪音さんの準備が出来たようなので、此方もはじめる。

「ツクヨミ魔法学園二年、風紀会副隊長、水守《みずもり》雪音。いざ参る」

そう言ってカメラの前に飛び出した。

「素晴らしい、とても素晴らしいですね……！」

それを見たななみさんは雪音さんを絶賛し始める。

は？

なんで絶賛するんですかね？　意味が分からない。名乗っただけですよね？

「ななみ様、僭越《せんえつ》ながら何が良かったのかを教えていただけませんか？」

と私も思っていた事をクラリスさんが尋ねた。

「配信で美女学生が所属する学校を名乗る、これはストーカーや嫌がらせが発生しうる、絶対にしてはいけない事です。配信注目度爆上がり間違い無しです」

まあそうですよね、危険ですもの。よい子はぜっっっったいにマネしちゃいけない奴ですね。ふりじゃなくて。

あ、コメント欄も【ヤバい】【炎上確定】【誰かネットリテラシー教えたげて】とか、そのような言葉が流れていった。

「まったく、私にさえ出来ない事を平然とやってのける雪音様は流石《さすが》です、ＡＩも高評価を付けざるを得ないでしょう……おっと、静かにしましょう。雪音様が何かしそうです」

と私達の視線は雪音さんに。

「私は今から手品を行う。ここになんの変哲もない鉄パイプが一本ある」

と雪音さんは鉄パイプを見せる。そして床をコンコンと叩《たた》いた。

「今からこれを二本にする」

と言ってその鉄パイプを背中に持ってくる。そして雪音さんはその鉄パイプを両手で握るとぞうきんを絞るかのように手を捻《ひね》り……？

え、鉄パイプを手で捻ってる⁇　なんかあり得ない光景が目の前に広がってるんですけど⁉

ブチブチブチ、ばちぃーんと、鉄パイプから出るような音じゃない音を聞きながら呆然《ぼうぜん》とその様子を見る。

雪音さんの背で行われている事だから、カメラから見れば凄《すさ》まじい音が聞こえるだけで、何が起きているか分からないだろう。今私は奇跡を見ている。

そして彼女は捻《ね》じ切った鉄パイプをカメラに見せる。

「二本になりました。以上です、ありがとうございます」

明らかに変形して短くなったパイプを見せる。瀧音さんの方にいたオークがチラリと映ったんですが、ガチでドン引きじゃないですか。

もはや手品じゃなくてびっくり人間ですよねこれ。コメント欄がものすごい勢いで流れていきます。

あ、凄まじいポイントが付きました。三万ポイントです。私の十倍付きましたね。

「雪音様は素晴らしいですね。お疲れ様です」

「ちょうど千切りやすそうな鉄パイプがあって助かったよ」

千切りやすそうな鉄パイプって初めて聞きましたよ。餅じゃないんですから、餅じゃ。

「次、私も行ってみます」

と今度はクラリスさんが前に進む。

初めての動画配信だから緊張しているのだろう。彼女はキョロキョロしながらカメラの前に歩いて行く。

「あっ」

そして鉄パイプのカス？　みたいなモノを踏んで、彼女は転んだ。

画面に映ったのは、キョロキョロ辺りを見ながら「あっ」という言葉を放ち、スカートの中をちらりとさせながら転倒して、恥ずかしそうに這《は》って逃げていくクラリスさんだった。

「不覚です、申し訳ございません……！」

とクラリスさんは戻ってくる。しかしななみさんは。

「いえ、最高です。最高の取れ高です。ありがとうございます！」

と大絶賛だった。ちなみに私の十倍以上ポイントが入っている。コメント欄も【見えた】【白！】とお祭り騒ぎだ。

「では私も参りましょう」

そう言ってななみさんは胸元をさらに強調させ、スカートを少し上げる。そして牛乳を手に持ち、カメラの前に行く。

「ごきげんよう皆様。天使でメイドのななみです。これからななみのモーニングルーティーンを始めます」

芸でも始めるのかな？

「や、やめてくださぁい！　ご主人様！　私はか弱いメイドです」

と茶番を始めた。モーニングルーティーンですよね？　いきなり起きてるんだけど。まあ演技はうまいんですけどやっぱり色々とおかしい。

「キャッ」

そして彼女は自分に牛乳を掛けると、か弱い乙女が転倒したかのようなポーズをとる。そしてうるうるとした目でカメラを見た。

「もう、こんないっぱい出されるなんて……」

えーとなんの話をしているんですかね？

そしてななみさんは、スカートの中がギリギリ見えるか見えないかの絶妙なラインで足を開くと両手でダブルピースを作る。

「敗北ですっ……！」

それをやったら精神衛生上敗北ですよ。動画配信の勝負以前に敗北ですよ。存在が敗北ですよ。

コメント欄は【俺も敗北です！】【敗北しました！】【敗北多すぎて草ｗｗ】など意外にノリは良いようだった。

『おいななみ！　ナニがモーニングルーティーンだ！　俺は一切そんな事をしていないよな！　嘘をつくなうそ……ってぁぁあああ！』

『うるさい。誰に許可を得て声を出してるの？　それに貴方《あなた》は家畜なのだからブヒィでしょう？』

『リュ、リュディ。待った痛い、痛いです！』

『リュディ様でしょう、それに貴方は何だったかしら？』

バチンバチンと今度は鞭《むち》で瀧音さんを叩く。リュディさん側の方がまだマシだったかもしれませんね。操られてますし。

『い、痛いです。そのおね……ごめんなさい。あ、ぶ、ブヒィ』

ななみさんもすごいですけれど、あっちもすごい勢いでポイントが増えている。

「強敵ですね」

と体を拭きながらななみさんが戻ってくる。

「皆さんかなりのポイントを稼いでいるというのに、結花様のふがいなさと言ったら」

「悪かったですねぇ」

正直相手も味方も強すぎるんですよね。

「これは私のアドバイスを聞いての立ち回りをすべきです」

だからそれ絶対嫌なやつじゃないですか。

と私の表情を見て嫌がっているのを悟ったのだろう。まあすっごく嫌そうな顔をわざと見せていましたけど。

「おや、結花様は忘れていらっしゃるかもしれませんが、ななみチャンネル登録者数は三千万を超えています」

「分かりました分かりましたよ、すればいいんでしょう！」

「一体どうすればいいんだ？」

「実を言うとですが、皆様のおかげで視聴者層が判明しました」

「本当ですか！」

とクラリスさんは驚く。まあ私も何となく分かりました。

「ＨＥＮＴＡＩです」

「？」

困惑状態のクラリスさん。雪音さんは苦笑いだ。雪音さんも何となく察していたのだろう。そもそも相手がＳＭしてポイントが急上昇してる時点で察せられますよね？

「ＨＥＮＴＡＩです。このＡＩは変態なのです。多分ＳＥＡＩは『Ｓ（すごく）Ｅ（エッチな）ＡＩ（人工知能）』だと推測します。つまりＨＥＮＴＡＩです」

クラリスさんは放心している。気持ちは分かります。脳が処理を拒否するんですよね、変なダンジョンに初めて入る人は多分皆そうなると思います。

と、クラリスさんはようやく頭が理解してくれたようで顔を赤らめた。

「さて。今回の場合ですと再生数に重要なのは……ハプニング性、そしてエロさです」

ななみさんはクラリスさんが落ち着いたのを見てそう言う。

「エロさとは何となく分かりますけど、ハプニング性ですか？」

とクラリスさんは聞く。

そういえば先ほどのクラリスさんはどちらも兼ね備えていますね。

「よく考えてください。例えば結花様は無表情でスカートをめくってパンツを見せますよね？」

「あたかも普段からやってる風に言わないで貰《もら》っていいですかね？　例えばですからね、一切やってませんからね？」

そんなはしたない事しませんよ。

「ある程度の再生数になるかもしれませんが、それでは真に心を摑《つか》むとは言えません」

話聞いてないですね。まあいつもの事ですが。

「ある程度再生数が伸びるじゃないですか！　真に心を摑むって何ですか」

「真に摑む方法はいくつかありますが、その一つが偶然性、つまりハプニングです」

「はあ」

「たまたまというのがいいんです。転んでスカートの中をちらり。知ってるでしょう。清純派アナウンサーさんが風のいたずらでスカートが捲《めく》れショーツが見えたら、世の中のオタク共は死に物狂いで拡散させるじゃないですか」

「それはちょっとな……」

雪音さんが少し引いている。まあそれはそうですよね。でも実際問題拡散されてるのを見た事があるような？

「結花様なら、もうお分かりですね。さ、ショートレギンスとショーツを脱ぎましょう」

「それハプニングじゃないですよね⁉　もはや放送事故じゃないですか！」

お尻丸出ししろって事ですか⁉

「冗談です。此方《こちら》に結花様に合わせたショーツをご用意してますので」

と出されたショーツを手に取る。

「ほぼヒモじゃないですか！」

そしてすぐに床にたたき付けた。

「視聴者層はＨＥＮＴＡＩなのですよ。結局尻は出ますよ！　こういった事をしないと追いつく事など一生不可能です」

「……やらなきゃ駄目ですか？」

「負けたら同じ目に遭うかもしれませんよ？」

確かに罰ゲームがあると言っていた。やりたくない、やりたくないけれど……。

「結花様、そういえば以前私と勝負をして大敗しましたよね？　その時の約束を覚えてらっしゃいますか？」

「ぐっ！」

「それに見ましたか先ほどの相手の配信を」

「……見てませんけど？」

「リュディ様がご主人様を開発しようとしたオークを細切れにしました。この場所から脱出するためには、ここで勝利をもぎ取らないと」

「えっ⁉」

と皆で画面を見る。確かにオークが居なくなってる⁉

「ちょっとリュディさん、ナニしてくれてるんですか！」

「リュディヴィーヌ様は、その。脱出出来ない可能性があるのに……幸せそうですね」

クラリスさんは複雑そうな様子で言う。確かにすっごい幸せそうで、すっごく綺麗で可愛いんですけど、現場の雰囲気を考えたら色々ヤバそうに見えますね。

「という事で結花様。覚悟を決めてください……！」

「やりますよ、やればいいんでしょう！」

こうなりゃヤケだ、と私はすぐさま着替えると、ななみさんに渡された学生鞄《かばん》を背負う。

するとななみさんはそれを調整してくれた。

行くしか、ない。逝くのだ！

「セッティング出来ました。ご武運を！」

「あ、あの。ななみ、アレはその、少し過激ではないか!?」

と雪音さんが声を掛けてくれる。ありがとうございます。もっと言ってあげてください。

「並かそれ以上の事を経験してらっしゃるじゃありませんか」

「……確かに」

懐柔早すぎではありませんかね？

ななみさんに促された私は、言われたとおりに歩いていく。やる事は至って簡単だ。

「おにいちゃーん、待って待って」

と言ってカメラの前に近づき背を向けるだけだ。

しかしその背面は……。

『ぶふぉ！　……え、え？』

と瀧音さんが吹き出す声が聞こえる。それは仕方が無い。だって私のスカートは背負った鞄に挟まれて、パンツが丸見えになっているのだから。ちなみに、ヒモである。

「ってモロ見えじゃないですか！」

今気がついたがチラ見せじゃない。もうほとんどお尻出てる！

ああああああああこっぱずかしい恥ずかしいぃぃぃぃ！

【パンツ穿いてないのか、ん？】【うおおおおおおおおおおお！】【すげえええ】なんてコメントがどんどん流れる。ＡＩだから他の人に見られていないはずなのに、なんだか見られている気分になる。例えて言うなら野外で露出的な……。最悪ですよ、もうっ！

『どこ見ているのよ！』

とリュディさんの声が聞こえる。そして鞭の音も。

「素晴らしいです結花様。ただ、結構ポイントが貯《た》まりましたが、相手が強すぎますね」

コメント欄も大盛り上がりっぽい。だけど相手のポイントは依然として高い。

「次は……皆様にお願いがあります。そしてこの鍵を握るのはクラリス様。貴方です」

「え、どういう事ですか？」

「先ほど動画を見ているとおっしゃっていましたよね。監督と主役をお願いしたいのです」

「いや、私が見ているのは癒やしのペット動画でして」

「そうです、それです」

「あの、ここにペットが居ないのですが」

「何をおっしゃるんですか。ここに三匹も居るではありませんか」

三匹？　クラリスさんを除くと……雪音さんとななみさん、そして私ですよね。

ん、もしや？

それから私達は説明を受けて、私は心から否定をする。しかし「もうここから出られなくなるかもしれませんよ？」の言葉に私達は屈するしか無かった。

と私達が更衣室で着替えているとななみさんは、もしこの作戦が成功しなかったら……と話し始める。

「本当に最後の賭けになりますがちょっとやってみたい事があります。その時は結花様、手伝ってくださいね」

嫌だけど、ななみさんはやらせるだろうな。


―瀧音視点―


「あ、ああ、あつ、熱いです、リュディさん！」

「リュディ様、でしょ!?」

「はい、すみませんでした！　リュディ様」

だんだんとリュディのスイッチが入ってきたのだろう。リュディの顔が赤くなっている。

そして息も荒い。

コメント欄には【ヤバいんだけど】【気持ちよさそうで草】【俺と代わってほしい】なんて言葉が流れている。誰とも交代してやらねえからな。

それにしても、だ。どうしてこうなった。

本来は主人公である伊織がこの立場、SMのS役になるはずだった。リュディとは別に転移した伊織は、オークに催眠術を掛けられ、リュディに対して色んなエッチな事をする。そして仲間達はそんなヒロインと伊織を助けようと、配信バトルを行う。

確かに配信バトルは行われているが、されるはずのリュディがする側になっている。

「ふふ、ふふふふふ、ふふふふふふふふふふっ！」

とリュディは壊れたかのように笑う。

操られているリュディは、ゲームの伊織と同じならば、いたぶればいたぶるほど興奮するように催眠術を掛けられているはずだ。そして多大な独占力に襲われる。

「おいデブ、筋肉、家畜を運べ」

と皇族らしからぬ言葉を話す。あれ家畜って誰？　アレはデブ、これは筋肉。メガネインテリとムッツリ中二病。あれ？

嘘だろ、誰か嘘だと言ってくれと思いながらコメントを見ると【家畜キョロキョロしてるｗｗｗ】【お前だよ、お前】なんて書かれていた。

「おい、豚？」

リュディはオークを呼ぶもオークの反応は鈍い。

どうやらオーク達はななみ達の配信を見ていたらしい。先輩が手品とか言いながら鉄パイプを捻《ね》じ切ってる姿にびびってるんだろう。それにしても、さすが先輩だ。捻じ切る姿も美しい。ただそれは手品では無いと思う。

「早くしろこの豚共っ！　焼かれたいのっ⁉」

リュディがぶち切れるとオーク達が焦ったように動き出し、俺に付けられた鎖を外していく。

うん。何かの間違いではないかな、と思ったけどやっぱり家畜って俺だよね。

今度俺が連れて行かれたのは、足をM字に開いて固定するベッドのような所だった。オーク達は一心不乱に俺を固定する。

コメント欄も大盛り上がりで【すごく、エッチです♥】【最高】【顔を埋めたい】だなんて言ってる。どこに顔を埋めるんですかね。

「邪魔だ、どけっ」

俺が固定されるのを見たリュディはそう言ってオークを蹴飛ばす。するとオーク達は急いで壁の隅っこまで走って行った。うーん。圧倒的に体格はオークの方が良いのに、華奢《きゃしゃ》なリュディにやられている姿は違和感ある。

「ん、どうした家畜。そんなに私を見て。お前も蹴られたいの？」

と彼女は近くにあった椅子を引っ張る。そして大きく足を広げながら、股を見せつけるかのように座って此方《こちら》を見た。

俺の視線は、もちろんそのエチ股の中心である。コメントに何を書かれているか知らないが、見る気は無い。これ以上無いくらいにギンギンに、そのゾーンを見ていた。それはあまりにも神々しくて俺は視線を外せない。

「どこを見てるの、この変態っ！」

そう言って彼女は椅子から立ち上がり、俺のベッドの上に乗る。そしてその赤いハイヒールで俺の体や顔を踏んづけた。

初めての経験だった。美少女のエルフがエッチな格好をして、ヒールで顔を踏んでくるだなんて。

それは媚薬《びやく》の効果もあるだろうが、非常に強い快感だった。それも穴という穴から、何もかもが放出されるような、とんでもない快感だった。

「あっあっあっ！」

「うるさいわねっ！」

とリュディは俺を踏む力を強める。

ヒールの足が食い込むぐらいに踏まれているというのに、痛みは少ししか無かった。後はすべて凄《すさ》まじい快感だった。

「こんなので悦《よろこ》ぶだなんて、変態な家畜ね」

そんな事を言っているが、リュディの顔はどこか嬉《うれ》しそうだ。操られているせいだが、俺を虐《いじ》める事で興奮と独占欲のボルテージが上がっているのだろう。

とリュディが俺から降りると、チラリと画面を見る。それにつられて俺も画面を見る。

そこにはクラリスさんがパンチラをしている様子が映し出されていた。そして今度はななみが画面の前に来ると何かを始める。

それはモーニングルーティーンとか言っていたが、まずもってモーニングルーティーンでは無い。それに平然と嘘をついていやがる。敗北です……じゃねーんだよふざけやがって！　コメント欄も盛り上がってる。俺はドSじゃねえぞ！

「おいななみ！　ナニがモーニングルーティーンだ！　俺は一切そんな事をしていないよな！　嘘をつくなうそ……ってぁぁあああ！」

と俺が言うとシパーンと鞭《むち》で叩《たた》かれる。キモチイイ。

「うるさい。誰に許可を得て声を出してるの？　それに貴方《あなた》は家畜なのだからブヒィでしょう？」

ちょ、ちょっと。鞭に魔力込めてないよね？　なんか痛みと感度が上昇してる気がするんだけど……？

「リュ、リュディ。待った痛い、痛いです！」

「リュディ様でしょう、それに貴方は何だったかしら？」

「い、痛いです。そのおね……ごめんなさい」

リュディの鞭はとどまる所を知らない。これが続くとヤバい。もうプライドを捨てよう。

「あ、ぶ、ブヒィ」

さてどんな辛いコメントが書かれているだろうか、見たくは無いのだけど気になって見てしまう。

【豚になったｗｗｗｗ】【プライドなしｗｗ】【うらやましい……】うーん。思ったよりはマシか？

「イイ鳴き声じゃない！　これはご褒美よ！」

と彼女は鞭を振るう。

「んん！　ブヒィ、ブヒィ！」

ちょっとなんで鞭で叩くんですか⁉　ご褒美も罰も全部鞭で叩いてるじゃねーか！　おかしいだろ！

とそんな様子を見ていたデブオークはドスドスと、俺の側に寄ってくる。そして。

「お、おれもやるブヒ！」

とデブオークが、丸いボールが連結した、大きな数珠みたいなモノを手に持ち、俺に近寄ろうとする。アナルビーズか終わったな。と絶望している時だった。オークを止める鞭が入ったのは。

「ナニしているの」

「ぶ、ぶひぃ？　違うオラは味方ブヒ」

とデブオークが言うも再度鞭で床を叩くリュディ。

「ここは私とこの家畜の世界なの、豚は入ってこないで」

「そ、そんな、殺生ブヒ」

「ああもうブヒブヒうるさいわね！　黙っていなさい！」

とリュディはエアハンマーで壁までたたき付けると、オーク達の前に幾つもの風の刃を放つ。

それはアークエルフとの戦闘以降で初めてハイエルフの力を使った記念すべき日である。まさか味方だと思われていた、配信オーク達に使うとは。ちなみにその魔法はあまりにも強かったし、そしてオーク達が油断している事もあり、オーク達はすぐに全滅した。

オークは細切れになってしまっている。

細切れね……って。あれ？

「って、えええええええええええええええええええええええええ!?」

ちょっと待ってくれちょっっと待ってくれ。仕切ってたオーク居なくなったよ、え？これどうすんの？　この配信バトルは……終わってない。コメント欄も流れてるし、ちょっとお祭り騒ぎになってる。しかも百万ポイントとか今まで見た事無い凄まじいポイント入った！　あのオークですら五十万ポイントとか言ってたのに。オークと戦ってたら普通に勝てたんじゃね？

ああもう、リュディが操られて鞭振ってるだけでもおかしいのに、何もかもがおかしくなっちゃうよ。もうどうすればいいのかわかんないんだけど！

　と少しパニックになっていると、不意にアラームのような音が鳴る。そして配信画面内にイエローカードが出された。

『おや？』

　それはななみのつぶやきだった。彼女はちょうどカードが出される様子を見ていたらしい。多分だがグロシーンは配信でアウトなのだろう。コメントでは【グロ注意】、【グロは駄目】等が流れている。

　自動でモザイクが掛かったが、注意を受けたようだ。もう一度イエロー出るとレッドになるのかな？　考察しているウチにオークの死体はだんだんと魔素に変わっていく。

　とそんな時だった。

『おにいちゃーん、待って待って』

　と結花が画面に近づいてきたのは。

　さすが結花といわざるを得ない。お兄ちゃんと呼びながら近寄ってくるだけで花丸満点お小遣いあげちゃいそう。

　と彼女が後ろを振り返った時だった。彼女はスクールバッグのようなモノを背負っていたのだが…………え？

「え、え？」

彼女は鞄《かばん》にスカートが巻き込まれていたのだ。すごく形の良い、大きくてぷりっぷりですべすべしていそうな、非常にハリのあるパーフェクトなお尻が見えていた。

しかもどういう事だ、パンツが見当たらない！　いつもの最終障壁（レギンス）も消失している！

『ってモロ見えじゃないですか！』

今更自分の状態に気がついたのか結花が顔を真っ赤にしている様子がチラリと見えた。

多分Tバックを穿いていたとは思うんだけど、もうほとんどお尻出てる！

「どこ見ているのよ！」

とリュディから鞭が飛ぶ。

す、すみません。でも見ざるを得ないんです。あんな尻はもう見るしかないじゃないですか。アレを見ないのは人生を損して居るどころか、世界が損失しています！

パシン、パシンと鞭が当たる。もう痛いというより気持ちイイが強イイ。くそ。この香りや媚薬のせいだ。あらがえない。

【普通に変態で草】とコメントが流れたのを見たが、お前だってあらがえないぞ。ふざけんな。

リュディが疲れて攻撃が落ち着いた時だった。

クラリスさんが顔を真っ赤にして裸エプロン？　らしき姿で画面に現れたのは。

えっ？　と画面をよく見る。どうやら下着はちゃんと着けているらしい。いやでもクラリスさんがなんでそんな格好を⁉　まあ再生数稼ぐためだとは思うけど！

『ほら、皆。おいでっ』

とクラリスさんが言うと、そこに『わんわん、にゃんにゃん、コンコン』と三匹の動物が現れた。いや動物じゃぁ無い。アレは。

「先輩、ななみ、結花っ⁉」

それは獣耳を付けた、エッチな三人の動物達だった。

先輩は犬になったのだろう。尻尾が生えた水着と犬耳を装備して四つん這《ば》いで歩いていた。その美しい体のラインをこれでもかと見せつけ、画面内を恥ずかしそうにうろうろする。なんだこのワンダーランド。ワンダフル！

あまりの出来事にコメント欄はお祭り騒ぎになっているが、あまりの速さに見ていられない。そもそもそんなの見るくらいだったら一瞬でも長く先輩を見たい。

画面の先輩はなにやらお尻を振っていた。……まさか誘ってる？　とも思ったが、どうやら尻尾を振るためだった。激しくお尻をフリフリさせてるのだが、それは少しぎこちない。でもぎこちなさも初々しくてイイんだよなぁ、これがまた。

そんな先輩は恥ずかしそうにクラリスさんの所へ行くと、そこでお座りをする。するとほぼ裸エプロンのクラリスさんが『お手』と言いながら手を差し出した。

思わず息をのむ。うそだろ。まさか、するのか⁉

先輩は腕を上げその手に自分の手を乗せた。クラリスさんはヨシヨシと先輩の頭をなでる。ずるい、俺も、俺もやりたい！　先輩にヨシヨシなでなでスリスリしたいっ！

その美しいうなじに手を這わせ、顎をスリスリしたい！

クラリスさんのなでなでを妨害するのは、猫に扮《ふん》したななみだった。彼女もまた四足歩行でクラリスさんに近づいていく。彼女のすごい所は、これ以上無いくらいのアングルでお尻をカメラに向けている所だ。プロの猫役になれる。そんなクオリティの高い動きだ。またお尻をプリップリッさせるのがうますぎる。尻尾が綺麗《きれい》に振れているし太ももも自然に揺れてる。これは頭と間違えて尻をなでてしまっても仕方ない。

そんなななみは頭でクラリスさんの尻をゴンゴン叩くと、その場に腹を見せて転がる。くっ、猫の甘えるポーズだ。あんな事をされたらいくらでもなでてやりたくなってしまう。てか顔をクシクシする事で自然に脇を見せやがって！　エッチなんだよ。ふざけやがって最高かよ。今日からお前はエンジェルキャットだ。

そんなエンジェルキャットのお腹周《なか》りを、しゃがんでヨシヨシと触るクラリスさん。分かってるね、腹周りをなでると喜んだりするんだよなぁ。怒る子もいるが。

そんな時だった、エンジェルキャットは何かに気がついたのか、急に体を起こすと四足で駆け出す。その先にいたのは……、ビキニに狐《きつね》耳と狐の尻尾を付けた結花だった。

『こ、コンコン』

結花は画面を見ながらそう言うとぎこちなく手を動かす。覚悟はしていたようだが、まだ恥ずかしさが取れていないためぎこちない。そのぎこちなさもまた趣があってイイ。

ななみは結花を頭で押すと、結花は四足歩行で画面に近づいてくる。ななみほどうまくは無いが、先輩よりかは尻尾をうまく振れている気がする。そしてあまりの恥ずかしさからか、かなりの汗をかいているようで、顔や体に汗が流れるのが見えた。

そんな結花の体や手を、ななみは舐める。

『ひゃぁっ』

結花から乙女の声が聞こえる。

「馬鹿な……ここでグルーミングだとっ！」

思わず叫んでしまった。猫は毛繕《グルーミング》いをする習性があるのだが、それを人間や他の動物にもやってくれる。それは信頼の証《あかし》だ。ななみは結花を心から信頼している。だからななみは結花をグルーミングしているのだ。

しかもだ。あいつ、手だけで無く、汗が伝った脇腹を攻めている。それにそこからだんだんと上に……だと！　おいおいふざけやがって。俺だって今すぐ先輩やななみや結花やリュディをペロペロしたいのを我慢しているって言うのに！

『こ、コンコンコンコン！』

と結花が狐語で抗議をするも、猫であるななみは話が通じないようで、むしろ結花に絡んでいく。それも体ごと。

それは芸術だった。猫と狐の究極合体だった。ななみと結花が絡み合っている姿は神々しく、そこに他者が手を入れてはいけないと思わせるぐらいの存在感があった。

その中をなんとか逃げ出した、ブラが少しずれている結花は、クラリスさんを盾にする。

するとななみは今度はクラリスさんに絡み始めた。

そしてクラリスさんを生け贄《いけにえ》に捧《ささ》げた結花はなんとか生き延びる。

弱肉強食。ここはサバンナだ。強く賢い者は生き残る。自然の摂理を感じる動きだった。

『ななみさまっ、あっ、くすぐったいです！』

しかしななみは止めない。ペットを操る側だったクラリスさんが、自らがペット化っぽくなっていく姿から目を離せない。くそ、エッチなエルフはなんて美しいんだ……。

そしてふと気がつく。

リュディが俺を見て嫉妬の炎を燃やしている事に。

「お、落ち着け……リュディ」

彼女が手に持っていたのは洗濯ばさみのようなモノだった。彼女はその洗濯ばさみで俺の乳首を挟む。

「あうっ！」

そしてその洗濯ばさみに付いたヒモを手に取ると、此方《こちら》を見る。

「ま、まてリュディすまなかった。ほ、ほらコメントを見てくれ止めてくれる人が……」

【やれぇえええええぇ】【いけぇえええええええええぇ】【ふぅ……】

「って誰も止めてくれてねぇえええええぇえぇ」

「ちょっと煩《うるさ》いわね！　貴方《あなた》、家畜でしょう？」

やばい、これ以上リュディを怒らせない方が良い。よ、よしここは従って。

「ブヒブヒブヒ、ブヒイイイ！」

「あらあら、なんて言ってるか分からないわねぇ♥」

そう言って彼女はヒモを引っ張るために少し構える。リュディが豚語でしゃべろっていったんじゃないか！　そんなのあんまりだよ！

そしてリュディは無情にも勢いよくヒモを引っ張った。

「あひぃん！」

快感がはじけるようだった。そして余韻もまたやばかった。

それから挟む引っ張るを、焦らすという高等テクニックを使いつつ数回繰り返した彼女は、今度は鞭《むち》を手に持つ。そしてバシンバシンと俺の体を叩《たた》き始めた。

俺は気持ちよくなりながらふと気がつく。

リュディが俺を鞭で叩くたび、俺の体から霧状の汗が飛ぶのだが……それを浴びた彼女はこれ以上無いほど幸せそうな顔をしている事に。

俺の視線に気がついたのだろうか、リュディは俺の側に寄ってくる。そして汗でべっとりくっついた前髪を掻《か》き上げ額を伝う汗を拭うと、その拭ったままの手を俺の方に伸ばす。

それは細くて白く、美しい手だった。それが俺の顔をくすぐるように触った。頬を撫で顎を通過し、下唇を徘徊するとやがて鼻へたどり着く。

自分の頭の中が、むせかえりそうなほど濃厚なリュディの香りでいっぱいになる。

ハリがあって優しく、そしてエッチな手つきでもあった。

彼女は手で俺の顔を堪能すると俺の顎をくいっとあげる。

「どう、私の汗を塗りたくられる気分は？」

優美で甘美、それでいて艶美で快美でさえある。俺はここで家畜として一生過ごしてもいいかもしれない。

「舐《な》めて、良いのよ？」

俺が舌を出しペロペロ敗北宣言をしようとした、そんな時だった。

『リュディさん、瀧音さんこっちを見てください！』

と画面から声が聞こえたのは。

あまり画面を見ていなかったから気がつかなかったが、もう絶望的なまでのポイント差があった。警告を貰《もら》ったが、味方であるオークを殺したのが強すぎたのだろうか。さっきのクラリスさん達の戯れもすばらしかったのだが。

しかしそのポイント差でもななみや結花達は諦めた様子が無かった。俺が色んな意味で敗北宣言をしようとしていた時、彼女らは諦めていなかった。

結花は何かしようとしているのだろう。耳まで真っ赤にしながら、つかつかと此方に近づいてくる。そして手に持ったペンのようなモノを見せた。

それは陽性の線が入っている妊娠検査薬だった。

『瀧音さん。せ、責任とってください！』

「エェエエ⁉　なんで、結花、えちょっまっ⁉」

何で、どうして？　ナニもしてないよね？　と後ろにいるななみを見ると、彼女は赤い油性ペンを手に持っている。あ、無理矢理《むりやり》線を足してる⁉　それによくよく見ればおもちゃじゃないか。ならこれは偽物？　てかなんでそんなおもちゃが存在してるんだよ！

「い、痛いっ。リュディ様。あの、ムチが強くなっています！」

でも気持ちイイんだよビクンビクン！　どうやらリュディは偽物だと気がついていない。

『結花様、やましい気持ちはないのですが、吸わせて貰ってもいいですか？』

『何の話ですか。それにその言葉はやましい気持ちしかないじゃないですか！』

『ああ、ご主人様と新たな命専用でしたか……』

「んっっぅうううう！」

とリュディがとても怒り出す。多分家畜（俺）に対する独占欲が非常に強いのだろう。彼女は怒り、俺を鞭で叩く。しかしそれでは飽き足らずリュディは後ろにあったエメラルドグリーンの色をした大きな注射器を……え？

「リュディそいつはまずい、本当にまずい！」

そして彼女は目をギラギラにしながらつかつかと此方に歩んで来る。そして俺のパンツを引っ張る。俺は必死に体を捻《ひね》り逃げようとするも、そもそも台に固定されているから逃げられるはずも無く。

俺の薄い防御は簡単に取り払われてしまった。

ああ、もう終わりだ、そう思った時だった。ビービーと大きな警告音が辺りに響く。

画面を見るとどうやらあまりにも危険な事をしたのか、放送禁止な部分を見せた事でか分からないがアカウントを凍結されたらしい。此方の負けと表示されていた。

すごいな、垢《あか》バンか。こんな勝利の方法があったとは……！

「どうなるかと思ったけど、なんとか結花達が勝ったのか！」

と大きく息をつきながらリュディを見る。しかしあれ？

リュディは止まらない。コメント欄も配信のポイントも消えたのに、リュディは止まらない。彼女は俺の尻に向かってその先を。

「リュディ、そいつはまずい。止まれぇえええええええ！　とまってくれぇえええええええ！」

と、俺は叫ぶ。神様仏様誰でもいいから俺を助けてくれ！

そして尻に入る寸前だった、その手は止まった。

「こう、すけ？」

とリュディが俺を見て泡を食った表情をしている。

俺も自分の体を見る。うん鞭の痣《あざ》だらけ、蠟燭《ろうそく》の蠟つきっぱなし。何より大開脚。どこから見てもＨＥＮＴＡＩです！　刺さってても刺さらなくても、状況は終わってる。

ただ自分の姿も見てほしい。俺だけじゃ無いから……！

と彼女は俺の視線に気がついたのだろう。自分の体を抱きしめ。

「きゃぁあああああああああああああああああ」

と叫んだ。

結花達が助けに来てくれたのは、その数分後だった。

九章

エピローグ

▶ » « CONFIG

Magical Explorer
Reincarnated as a Eroge Hero's Friend, I'll live freely with my Eroge knowledge.

それから俺達は城に戻ったのだが、時間的には色々ギリギリだったと言って良いだろう。ダンジョンを出てからリュディがソフィアさんに連絡していなかったら、マルク陛下は兵士を連れて聖域に入っていたから。

もちろんではあるが、リュディのご両親は勝手に出て行った娘と俺達に怒り、かつ多大な心配をしていた。しかしリュディのハイエルフの覚醒と、アークエルフの討伐の話を聞いた二人は嬉《うれ》しいような、心配だったのか複雑そうな表情で祝福してくれた。

それからゆっくり休んだ俺らがした事は、リルちゃんのラーメンデビュー、リベンジマッチである。まあ結論から言えば。

「お姉様、城にラーメン専属調理人を雇いましょう！」

「素晴らしい案ね、リル。お母様達も喜ぶと思うわ」

皇族ラーメン姉妹の誕生である。

その話を聞いたソフィアさんは苦笑して「検討するわ」と言っていたが、本当に検討だけになるかもしれない。彼女もラーメンを知れば変わるのかもしれないが。

そして俺がリルちゃんと遊ぼうとした時だった。「二人で話したい事があるの」と言われ連れ出されたのは。

ソフィアさんに案内されたのは、来客者向けの部屋だった。ソフィアさんはメイドに紅茶を運ばせると、すぐにその子を退室させる。

「毬乃《まりの》ちゃんの言ったとおりだったわ」

「？　どういう事ですか？」

「魔性の男だって事」

「それは冗談じゃなかったんですか……」

と俺が言うとソフィアさんはクスクスと笑う。

「城でも邪神教に対しても、立ち回りは本当に見事だったわ。それにリュディがあんなに成長出来て、皇国も救われた」

自分では大きな事をしたつもりは無かったが、傍《はた》から聞くと結構やっているように聞こえるんだな。

「そんな英雄のような事をしてくれた貴方に一つお願いしたい事があるの」

「俺にですか？」

「ええ。なんとかしてあげたいとずっと思っていたけれど、多分私や法国は、もうこれ以上何かをしてあげる事が出来ないから」

「……スケールが大きいですね。そんな大層な事を俺に頼むんですか？」

「もう私には手の施しようがないのよ」

施しようがない、ね。

「貴方が色々な事件を解決している事は毬乃ちゃんから聞いている。言っていたわ。もし何かがあってわらにも縋《すが》る思いなら、コウちゃんに頼むって」

「毬乃さんがわらに縋るって、それは大丈夫なんですか？」

「大丈夫じゃないかもしれないわ」

と彼女は苦笑する。俺もそんな案件は投げないでほしい。うっルイージャ先生。

「難しい問題だからどれだけ時間が掛かってもいい。学園が終わってからでもいい。彼女を救ってほしいの」

その難しい問題は一人しか思い浮かばない。

「アネモーヌさんですか？」

ソフィアさんは顔を伏せた。

「私も彼女を助けようとしたのだけれど……」

「お願いされても困ります」

「そうよね、ごめんなさい。変な事を言ってしまって」

とソフィアさんは謝る。しかしそういう意味で言ったわけではない。

「そういう意味じゃないんです。それ元々なんとかしようと思ってましたから」

しなければならない事が多すぎて、後回しになってしまうけれど。

「アネモーヌさんとは別件になるのですが、俺からもお願いしても良いですか？」

「何かしら？」

「二つあります。出来たらでいいのですが、聖域の探索を許可してほしいんです」

すぅーっとソフィアさんは息を吸い込む。

「マルクに相談してみるわ。なんとかなるとは思う」

「ありがとうございます。もう一つは……もしかしたらご存じないかもしれません」

「何かしら？」

「リュディはさらに上に至れると思っています。時期を見てハイエルフの力が強くなったら……試練を受けさせてほしいのです」

ソフィアさんが、ガシャンと、手に持っていたカップを落とす。俺はすぐにストールを伸ばしその破片を拾う。そしてななみに教えて貰ったしみ抜きの魔法を使いその汚れを取り除く。

彼女の視線は信じられないモノを見るようだった。畏怖すらあるように見えた。

「あなた、何者なの？」

「桜《さくら》さん、いえ天使ラジエルを救った者ですよ。初代エルフの女王も存じ上げています」

彼女は大きく深呼吸する。そして割ってしまったカップを見て、落とした事をわびた。

「貴方《あなた》がしたい事は分かったわ。けれど私はどうぞとしか言いようが無いわね。そこはハイエルフとその仲間しか入れないのだから」

まあ知っているけど、一応話しておいた方がいいかなと思ったんだよね。親だと子供の事は心配じゃん？

とソフィアさんはぼうっと俺を見る。

「どうしたんですか？」

「ああ、ええ。龍《りゅう》の孫は龍だったって」

龍の孫ね。孫は俺だとしたら、龍は……毬乃さんの父親『花邑龍炎《はなむらりゅうえん》』の事だろう。

「一度も会った事がありませんけどね」

「事情は知っているわ。貴方は今までよく頑張ったわ。いえ、そんな言葉じゃ失礼かもしれないわね。ごめんなさい」

「謝る必要はないですよ」

ほとんど実感がないからな。

「そうだわ。これからは私も家族のようにして良いんですよ。お母様でいいわ」

「毬乃さんみたいな事を言うじゃないですか」

そう言って二人で笑う。

「でもね、お母さんが一人二人増えるなんてよくある事だわ。気にしないの」

うーん。よくある事ではないような？


―リュディ視点―


幸助《こうすけ》がお母様に呼ばれたのち、私はお父様に呼ばれた。それも一人で私室に来てほしいと。

私がお父様の私室に入った時、ちょうどお父様は紅茶を入れていた。彼は普段誰かに入れさせるが、自分で入れるのも好きだった。だから紅茶の好きなお母様はお父様の入れる紅茶を飲んでいる事がよくあったのを思い出す。

「座りなさい」

私が近くのソファーに座ると、お父様は私の前に紅茶を出す。私は出された紅茶に口を付けた。

「美味《おい》しいわ」

「そうか」

お父様は何を思ったのかじっと私を見る。そして小さく息をついた。

「一年もしないうちに、大きくなったな。本当に大きくなった」

それが身長でない事はすぐに分かった。

「………それだけの事があったから、かしら」

そうだな、とお父様は自分の紅茶を飲む。

「アークエルフは、何か言っていたか？」

「……何も言っていないわ」

お父様は小さく息をつき、窓を見る。

「どうにかしなければいけない問題だとは思っていた。ずっと巨大な爆弾を抱えているようなモノだった」

「そう、ね」

彼は暴走していたから。

「あの人間至上主義の法国がだ、頭を下げてまで頼んでくるほどの脅威だったのだ。もしそれがエルフの国で暴れたら……」

嫌な想像しか出来ない。間違いなく大きなダメージをうけるだろう。

「ありがとう、リュディ」

「いえ。たまたまよ」

そう言うとお父様は紅茶を飲む。そして目を閉じると何かを考えるように小さく頷《うなず》く。

「まさかリュディが至るとは思ってもいなかった」

それは伝説のエルフ、ハイエルフの事だろう。

「私も思ってもいなかったわ」

たまたま、それも必要に迫られたから、至ったようなものだ。ただお父様はそれに至るために、試練を受けたり特別な訓練を受けたりしたそうだ。

ただ、お父様は至っていない。多分実力は足りているのでは無いかと思う。ただ足りない物があるとすれば。

「皆のおかげね」

「そうだな…………彼らには大きな恩を作ってしまった」

そうね。皇国の危機を救ったのだから。ただ。

「だけど皆は大した事はしてないと思っているわ。それ以上の事もあったし」

「それ以上の事？」

「ラジエルの書と対峙《たいじ》した時、とかね」

「ラジエルの書か」

とお父様は何かを考え始める。桜さんに聞いた限りだと、エルフの女王もラジエルの書の封印に関わっているらしい。だからお父様が知っている可能性もあるなと思い聞いてみたが、やはり知っているようだった。

「よく無事だったな」

「あれ以上の恐怖を未《いま》だに経験した事が無いわ」

「もしかしたらリュディの方が大きい経験をしているかもしれんな」

「そうかしら？」

「そうだ。それで少し話が変わるのだが……少し不安な事がある」

「私は無いわよ」

「お前が無くても此方《こちら》にはある。ハイエルフとなった事は口外するつもりは無いのだが、どこかで伝わる可能性がある事は理解しているな？」

「そうね」

　まあ、私達も基本的に口外するつもりは無いが、どこかで伝わる可能性はあるだろう。

「戻ってくるつもりは無いか？」

　お父様が守るって言ってくれているのだろう。でも、もっと信頼出来る人が居るのよね。それにそもそもだけど。

「お父様は私がこっちに戻ってくると思っている？」

　そう言うとお父様は苦笑した。

「思わないな。ただ場合によってはその力を狙う者が現れるかもしれない」

「大丈夫よ、お父様。私は私だけではないし。それに私には彼らがいるから」

「『彼』な」

私は彼らと言ったのに……………お父様は彼をさして言う。でもまあそうなんだけど。

「すでに何度も守ってくれているから大丈夫だとは思うのだが、やはり心配でな」

なんだかんだ幸助の事は認めてるのね。でもその心配は不要だわ。

「そうならないわ、今度は私が守るのだから」

「そう、だったな」

そう言ってお父様は苦笑する。

「ただそれでも私が彼に追いつけるか……」

「ハイエルフなのに、か？」

「ええ」

彼がよく言う言葉で、本当にそれを目指して努力しているから。

冗談だと受け取る人だらけだったと思うが、今はそれを冗談だと思う人は居ないだろう。

それくらい行動と結果で示したのだから。

彼が皆によく言う言葉を私は言う。

「だって幸助は世界最強になる男なんだから」

あとがき

皆様ごきげんよう。生きております。

——謝辞——

神奈月《かんなつき》昇《のぼる》先生。今回もまた素敵なイラストをありがとうございます。新キャラのデザインも最高です。特にリルちゃんは数百ページぐらい書けそうなぐらい素晴らしかったです。オルテンシア、リュディ両親も自分の想像を超えるぐらい素晴らしかったです。

緋賀《ひが》ゆかり先生。コミック二巻ありがとうございます。コミックのあとがきでも申し上げましたが、本当に素晴らしかったです！

神様、編集様。いつも通りすみませんでした。次巻は必ず……いえ、なんとか……間に合わせたいと……思っております。その気持ちは強くあります（伏線）。

そして最後に本を買ってくださった皆様、誠にありがとうございます。おかげさまで十巻という大台に乗る事が出来ました。

またアニメの方も水面下でひっそり進んでいるので、期待して待っていただけたらと思います。

入栖《いりす》

マジカル★エクスプローラー

エロゲの友人《ゆうじん》キャラに転生《てんせい》したけど、ゲーム知《ち》識《しき》使《つか》って自由《じゆう》に生《い》きる 10

著　入栖《いりす》

角川スニーカー文庫　24110

2024年4月1日　初版発行

発行者　山下直久

発　行　株式会社KADOKAWA

〒102-8177 東京都千代田区富士見2-13-3

電話　0570-002-301（ナビダイヤル）

印刷所　株式会社暁印刷

製本所　本間製本株式会社

Printed in Japan　ISBN 978-4-04-114699-6　C0193

★ご意見、ご感想をお送りください★

〒102-8177 東京都千代田区富士見 2-13-3

株式会社KADOKAWA　角川スニーカー文庫編集部気付

「入栖」先生「神奈月 昇」先生

角川文庫発刊に際して

角川源義

第二次世界大戦の敗北は、軍事力の敗北であった以上に、私たちの若い文化力の敗退であった。私たちの文化が戦争に対して如何に無力であり、単なるあだ花に過ぎなかったかを、私たちは身を以て体験し痛感した。西洋近代文化の摂取にとって、明治以後八十年の歳月は決して短かすぎたとは言えない。にもかかわらず、近代文化の伝統を確立し、自由な批判と柔軟な良識に富む文化層として自らを形成することに私たちは失敗して来た。そしてこれは、各層への文化の普及滲透を任務とする出版人の責任でもあった。

一九四五年以来、私たちは再び振出しに戻り、第一歩から踏み出すことを余儀なくされた。これは大きな不幸ではあるが、反面、これまでの混沌・未熟・歪曲の中にあった我が国の文化に秩序と確たる基礎を齎らすためには絶好の機会でもある。角川書店は、このような祖国の文化的危機にあたり、微力をも顧みず再建の礎石たるべき抱負と決意とをもって出発したが、ここに創立以来の念願を果すべく角川文庫を発刊する。これまで刊行されたあらゆる全集叢書文庫類の長所と短所とを検討し、古今東西の不朽の典籍を、良心的編集のもとに、廉価に、そして書架にふさわしい美本として、多くのひとびとに提供しようとする。しかし私たちは徒らに百科全書的な知識のジレッタントを作ることを目的とせず、あくまで祖国の文化に秩序と再建への道を示し、この文庫を角川書店の栄ある事業として、今後永久に継続発展せしめ、学芸と教養との殿堂として大成せんことを期したい。多くの読書子の愛情ある忠言と支持とによって、この希望と抱負とを完遂せしめられんことを願う。

一九四九年五月三日

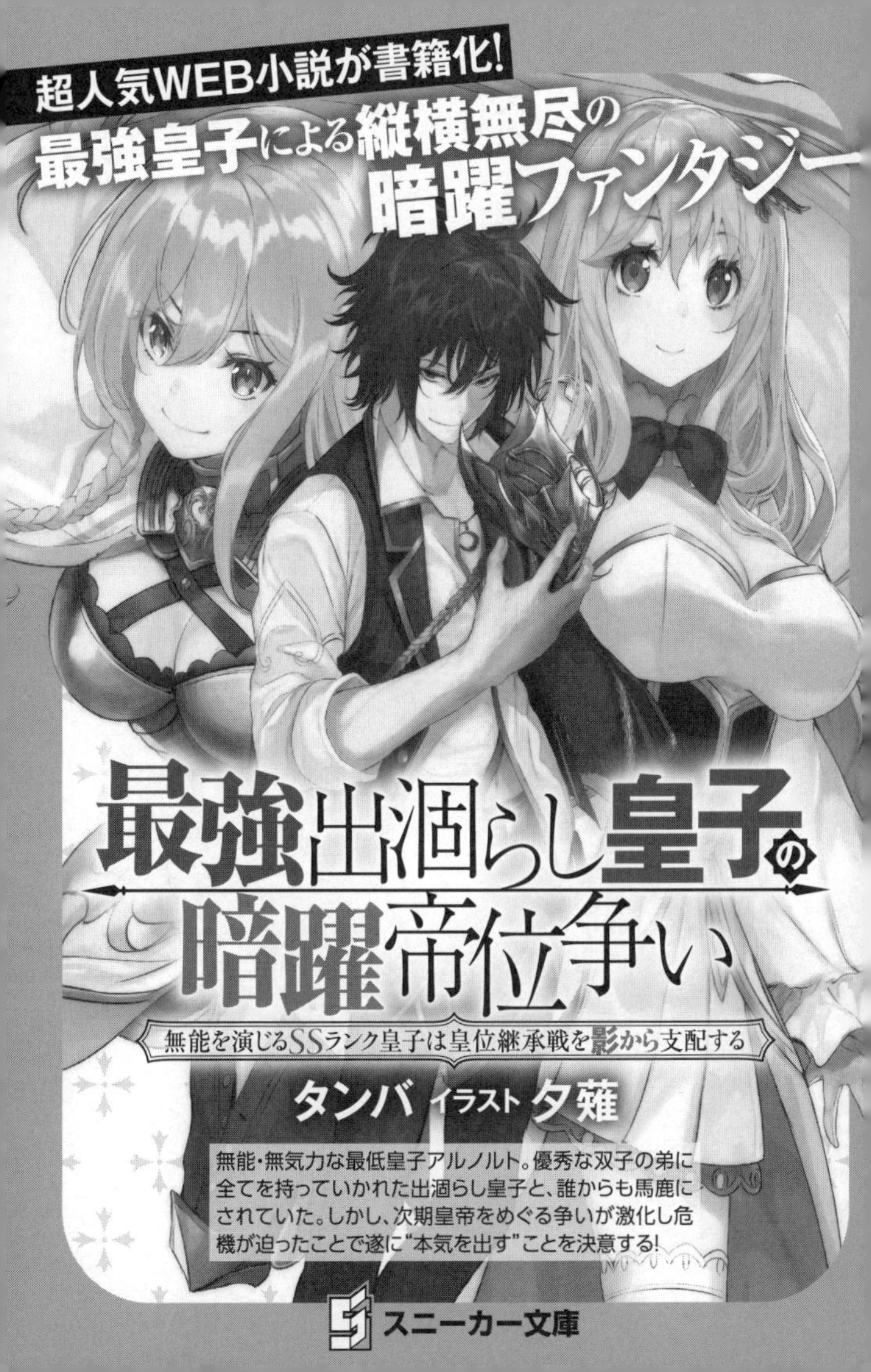
超人気WEB小説が書籍化!
最強皇子による縦横無尽の暗躍ファンタジー
最強出涸らし皇子の暗躍帝位争い
無能を演じるSSランク皇子は皇位継承戦を影から支配する
タンバ イラスト 夕薙
無能・無気力な最低皇子アルノルト。優秀な双子の弟に全てを持っていかれた出涸らし皇子と、誰からも馬鹿にされていた。しかし、次期皇帝をめぐる争いが激化し危機が迫ったことで遂に“本気を出す”ことを決意する!
スニーカー文庫

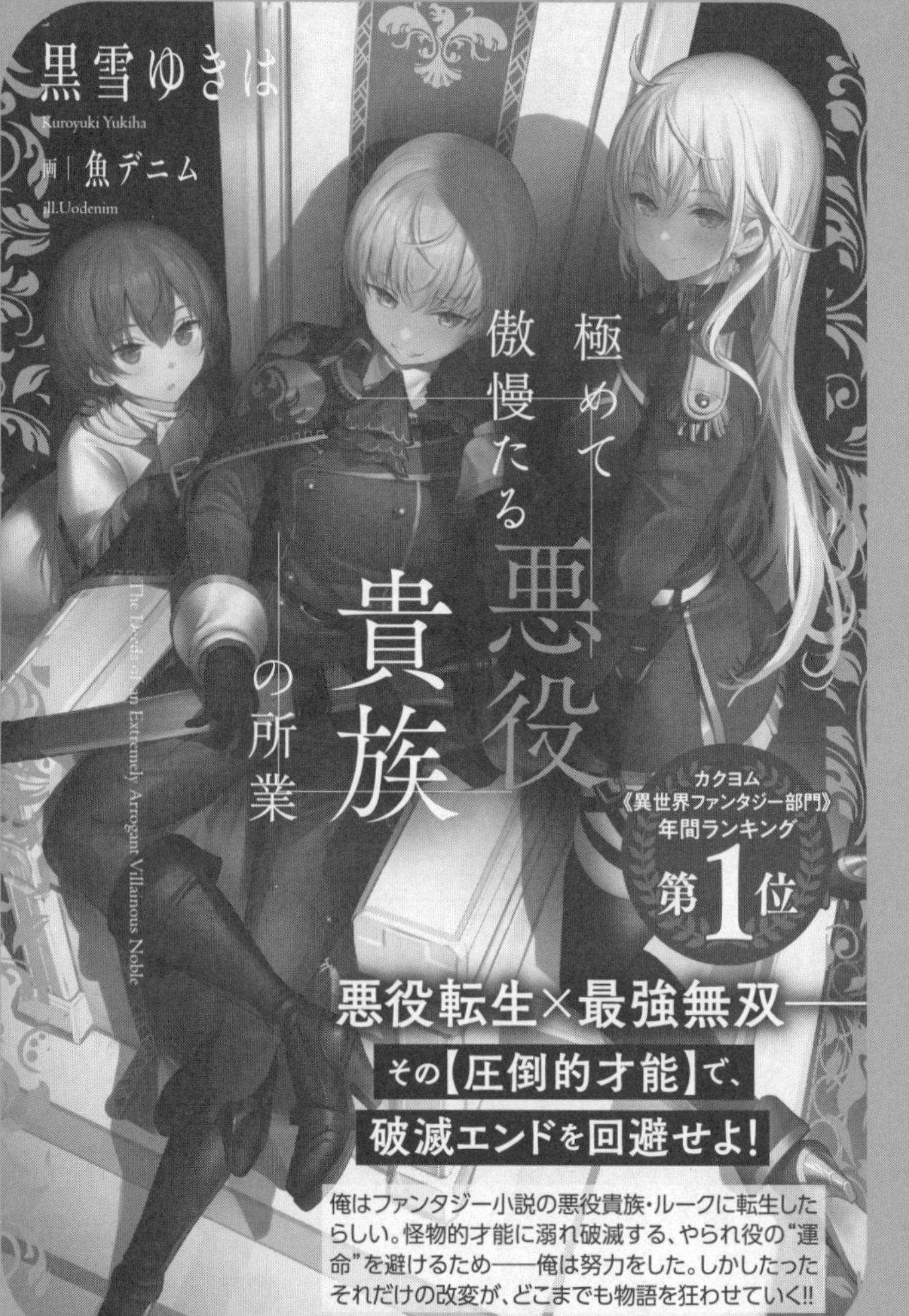

黒雪ゆきは
Kuroyuki Yukiha
画｜魚デニム
ill.Uodenim
極めて傲慢たる悪役貴族の所業
The Deeds of an Extremely Arrogant Villainous Noble
カクヨム
《異世界ファンタジー部門》
年間ランキング
第1位
悪役転生×最強無双――
その【圧倒的才能】で、
破滅エンドを回避せよ!
俺はファンタジー小説の悪役貴族・ルークに転生したらしい。怪物的才能に溺れ破滅する、やられ役の“運命”を避けるため――俺は努力をした。しかしたったそれだけの改変が、どこまでも物語を狂わせていく!!

スニーカー文庫

男嫌いな美人姉妹を
名前も告げずに助けたら
一体どうなる？
みょん　Illust. ぎうにう
早く私たちに
溺れればいいのに
——濃密すぎる純情ラブコメ開幕。
1巻発売後即重版!
学年一の美人姉妹を正体を隠して助けただけなのに「あなたに隷属したい」「君の遺伝子頂戴?」……どうしてこうなったんだ?　でも“男嫌い”なはずの姉妹が俺だけに向ける愛は身を委ねたくなるほどに甘く——!?
スニーカー文庫

きみの紡ぐ物語で
世界を変えよう。
第30回
スニーカー大賞
作品募集中!
大賞 300万円
+コミカライズ確約
金賞 100万円
銀賞 50万円
特別賞 10万円
締切必達!
前期締切
2024年3月末日
後期締切
2024年9月末日
詳細は
ザスニWEBへ
https://kdq.jp/s-award
イラスト／カカオ・ランタン